古代文史名著选译丛书

主编 章培恒 安平秋 马樟根

长生殿选译

修订版

译注 戚海燕
审阅 董治安

凤凰出版传媒集团 凤凰出版社

图书在版编目（CIP）数据

长生殿选译 / 戚海燕译注. -- 南京：凤凰出版社，
2011.5
（古代文史名著选译丛书）
ISBN 978-7-5506-0375-2

Ⅰ．①长… Ⅱ．①戚… Ⅲ．①传奇剧（戏曲）－剧本
－中国－清代 Ⅳ．①I237.2

中国版本图书馆CIP数据核字(2011)第042265号

书　　名	长生殿选译
译 注 者	戚海燕
责任编辑	傅　扬
出版发行	凤凰出版传媒集团
	凤凰出版社(原江苏古籍出版社)
	南京市中央路165号　邮编 210009
	发行部电话 025-83223462
集团网址	凤凰出版传媒网　http://www.ppm.cn
照　　排	江苏凤凰制版有限公司
印　　刷	江苏凤凰扬州鑫华印刷有限公司
	扬州市江阳工业园蜀岗西路9号　邮编 225008
开　　本	960×1304毫米　1/32
印　　张	9.75
字　　数	158千字
版　　次	2011年5月第1版　2011年5月第1次印刷
标准书号	ISBN 978-7-5506-0375-2
定　　价	20.00元

（本书凡印装错误可向承印厂调换，电话:0514-85868858）

《古代文史名著选译丛书》编委会

顾　问

周　林　　邓广铭　　白寿彝

主　编

章培恒　　安平秋　　马樟根

编　委

（均按姓氏笔划多少排列）

马樟根　平慧善　安平秋　刘烈茂　许嘉璐

李国祥　金开诚　周勋初　宗福邦　段文桂

董治安　倪其心　黄永年　章培恒　曾枣庄

（以上为常务编委）

王达津　吕绍纲　刘仁清　刘乾先　李运益

杨金鼎　曹亦冰　常绍温　裴汝诚

（以上为编委）

《古代文史名著选译丛书》修订版
出版说明

　　呈献在读者面前的这套《古代文史名著选译丛书》是 2011 年的修订版。全书共 134 册,包括了中国从先秦至清末两三千年间的著名典籍。每部典籍都选其精粹(《论语》《老子》则全文收录),收录原文,加以简明的注释,力求准确地译为现代汉语,并于每一篇之前写有对该文的提示性说明。这是近一个世纪以来,规模最大、收录种类相对齐全、译注质量较高的一套普及传统文化的今译丛书。

　　这套丛书,原在 1992 年—1994 年由巴蜀书社分三批出齐,印行过万套;不久,又由台湾的出版机构买去海外版权在台湾及海外发行,可见这套丛书当年在两岸受欢迎的程度。时隔 17 年,丛书编委会决定重新修订,改由江苏凤凰出版集团所属的凤凰出版社出版。

　　这套丛书是由教育部属下的全国高等院校古籍整理研究工作委员会(简称古委会)于1985年策划的。古委会组织了全国18所大学的古籍整理研究所的所长任编委会编委,由我们三人任主编,在全国范围内选请学有专长的学者承担各书的译注。从1986年—1992年,历时7年完成。当时,编委会制订了严明、可行的体例和细则,译注者按要求完成书稿。每部书稿完成后,都在全国范围内请编委会之外的专门研究这一学术领域的两位专家初审,合格后再请两位编委参照初审意见审改,然后退还原译注者改正。待原译注者改正后,再由编委会集中常务编委和部分编委、相关专家在一地将每部书稿从头至尾审改。这样的集中审稿会一般都在8—15天,7年中开了12次审改会。审改后,三位主编再集中在一起逐一审定,交付出版社。这一工作程序,使得这套丛书的译注质量有了一定的提高。所以,这套丛书,在一定程度上是个人与多人合作的结果。关于这套丛书的编纂始末,我们曾在1992年4月全书交稿后写有一篇文章,这次附在修订版书末,便于读者了解。

这次修订，是交由原译注者自己修改。少数译注者已去世，则书稿一仍其旧。个别译注者已联系不上，也保持原貌。

1992 年—1994 年出版时，书前有当时古委会主任周林先生写的序。周林先生是这一丛书的发起者。他已于 1997 年 6 月去世，至今已 14 年了。为了尊重历史，也为了纪念他，修订版仍用他的序。

我们三人在 1985 年—1992 年主持这套丛书工作时，年龄大的是从 51 岁到 58 岁之间，年龄小的是从 44 岁到 51 岁之间，那时尚有精力组织、参与这一工作，今天我们都已年逾古稀。全书修订版出版之际，心情似乎比当年更惴惴不安地期待着读者的评头品足，期待着不要对读者贻误太多。

回想这套丛书，真应该感谢我们的祖先为我们留下了这样深厚、丰富的思想、文化遗产，使我们今天仍然受用无穷。应该感谢这套丛书的全体译注者、审阅者、编委和当年的出版者巴蜀书社、今天的出版者凤凰出版社，是他们的学识、辛勤与真诚使得这套丛书得以面世。

章培恒　马樟根　安平秋
2011 年 3 月 15 日

序

　　《古代文史名著选译丛书》与广大读者见面了。这是丛书编委会的同志与众多专家学者通力协作、辛勤耕耘的结果。

　　中华民族在五千年漫长的岁月里，创造了光辉灿烂的文化，给人类留下了丰富的精神财富。"观今宜鉴古，无古不成今"。今天，以马克思主义的科学理论为指导，整理研究我国古代文化典籍，做到汲取精华，剔除糟粕，古为今用，推陈出新，使人们在正确认识民族历史的同时，得到爱国主义的教育，陶冶道德情操，提高全民族的文化素质，促进社会主义文化的繁荣，使文明古国的历史遗产得以发扬光大，这是我们每个炎黄子孙的责任。而要做到这样,对古籍进行整理与研究是重要的基础工程。但是,整理与研究古籍仅作标点、校勘、注释、辑佚还不够,还要有今译,使老年人、中年人、青年人都愿意去读,都能读懂,以便从中得到教益。

基于以上认识,全国高等院校古籍整理研究工作委员会于1986年5月组成了以章培恒、安平秋、马樟根三位同志为主编的《古代文史名著选译丛书》编委会,确定了以全国十八所大学的古籍整理研究所为主力承担这一看似轻易、实则艰巨的今译任务。在第一次编委会议上,拟定了《凡例》、《编写与审稿要求》、《文稿书写格式》和一百余种书目。以每一种书为十万至十五万字计算,这套丛书大约有一千余万字,应该说是一项大工程。经过一年的努力,完成了第一批三十六部书稿的译注任务。在各研究所的专家与所长把关的基础上,于1987年5月和7月,先后在复旦大学、北京大学召开了部分编委参加的审稿会,通过了二十五部书稿,作为《古代文史名著选译丛书》与广大读者见面的第一批作品。与此同时,在1987年7月6日,邀请了在京的十几位专家教授与编委会十几位编委一起座谈这套丛书与古籍今译的问题。专家们肯定了今译工作的必要性与深远意义，并以他们数十年的教学科研和创作的经验，说明今译是一项难度很大的工作，是培养人才，使之打下坚实基本功的一种有效方法；专家们还对《古代文史名著选译丛书》提出了宝贵的建议，这对当时的审稿工作和保证《丛书》的质量起了很好的作用。

实践证明，古籍的今注不易，今译更难。没有对作品的深入、透彻的研究，没有准确、通俗、生动的语言表达能力，要想做好今译是不可能的。两年多来，全国高等院校古籍整理研究工作委员会在探索古籍的今注、今译的道路上，做了一些工作。这部丛书的出版，是系统今译的开始，说明古籍整理研究工作有了新的进展。更可喜的是，一批中青年学者参加了今注今译工作，为古籍整理增添了新生力量，相信他们会在实践中，在学习中，成长成熟。我希望，这套丛书的编委会和高校各古籍整理研究所要敞开大门，加强同国内外专家学者的联系，征求他们和广大读者的意见，并向有真才实学而又适宜做今译工作的专家学者约稿，以提高古籍译注的水平，使《古代文史名著选译丛书》的第二批、第三批作品的质量更上一层楼。

这是一套以文史为主的大型的古籍名著今译丛书。考虑到普及的需要,考虑到读者对象,就每一种名著而言,除个别是全译外,绝大多数是选译,即对从该名著中精选出来的部分予以译注,译文力求准确、通畅,为广大读者打通文字关,以求能读懂报纸的人都能读懂它。我希望这套丛书能成为中小学教师的语文、历史教学的参考书,成为大专院校学生的课外读物,成为广大文史爱好者的良师益友。由于系统的古籍今译工作还刚刚起步,这套丛书定会有不少缺点、错误,也诚恳地希望读者批评指正。

巴蜀书社要我为这套丛书写序,我欣然接受了。我相信这套丛书不仅会使八十年代的人们受益,还将使子孙后代受益,它将对祖国的繁荣昌盛起到点滴的作用。最后借此机会向曾给予我们支持、帮助的专家学者和巴蜀书社的同志表示衷心的感谢!并殷切地希望台湾同胞、港澳同胞、海外侨胞和我们一同做好祖先留给我们的文化遗产的整理工作,为中华民族灿烂的文化再放异彩而努力!

周 林
1987 年 10 月于北京

目　录

前　言

　　《长生殿》是清代初年剧作家洪昇创作的一部传奇名著。这部剧作给剧作家本人带来了不幸的结局，却给中国戏曲史增添了夺目的光彩。

　　洪昇（1645—1704），字昉思，号稗畦，又号稗村、南屏樵者，浙江钱塘（今杭州）人。他出身于一个藏书很多的仕宦家庭，从小就受到家庭环境的熏陶，得到很好的文学教育。康熙七年（1668）在北京国子监习业，第二年返回故乡。康熙十三年（1674）又到京师，做了二十多年的国子监生。他曾先后从师于知名的学者、音乐家、诗人陆繁弨、朱之京、毛先舒、王士禛、施闰章，还和当时杰出的诗人朱彝尊、毛奇龄、吴舒凫、查慎行、赵执信等有交往。洪昇的诗词曲作品都很有名。

洪昇的夫人是清初吏部尚书黄机的孙女，洪昇则是黄机的外孙。他们夫妇二人感情和美，对《长生殿》的创作有一定的影响。

洪昇热心功名，但始终怀才不遇。康熙二十八年(1689)，明珠党专权，借口在佟皇后丧期演唱《长生殿》而革去了洪昇的国学生籍，洪昇回到故乡杭州。康熙四十三年(1704)，他出游南京，不幸于归途中在浙西乌镇酒后失足落水而死。真是"可怜一曲《长生殿》，断送功名到白头"！

洪昇所作剧作现存有《长生殿》和《四婵娟》两种。《四婵娟》由四个单折短剧组成，分别写晋代谢道韫和卫茂漪、宋代李清照、元代管仲姬四位才女的故事。

《长生殿》取材于历史人物唐明皇李隆基和贵妃杨玉环的故事。洪昇创作此剧，前后共花了十多年时间，三易其稿。作者在《例言》、《自序》中谈到了他在处理这一历史题材时的思维轨迹。

洪昇在和朋友谈起开元天宝遗事时，开始感兴趣的是大诗人李白的故事。怀才不遇的洪昇与壮志未酬的李白产生共鸣，他于是写成《沉香亭》传奇。后来接受友人毛玉斯的意见，"因去李白，入李泌辅肃宗中兴"，剧本的主角由李白转为唐明皇、杨贵妃，超出抒写个人身世的范围，力图反映更广阔的社会内容，更名《舞霓裳》。最后，则"念情之所钟，在帝王家罕有"而"专写钗盒情缘"。定稿的《长生殿》以描写李隆基和杨玉环的爱情为核心，同时也借以抒发对于乐尽哀来国破家亡历史变迁的深沉感叹，寄寓了"垂戒来世"之意。

　　从作品的实际描写来看，作者在白居易《长恨歌》、陈鸿《长恨歌传》和白朴《梧桐雨》的基础上，对李、杨故事题材重新进行艺术处理，既描写了李、杨爱情在人世间建立、发展、巩固、毁灭和在忉利天得到永恒存在的全过程，也反映了帝妃爱情与国家兴亡的密切关系。他歌颂李、杨之间生死不渝的爱情，又清醒地看到国家兴衰制约着他们的爱情。沉溺爱情必然导致朝政荒疏，而国家衰亡必然毁灭爱情。只有那超脱尘世的仙界爱情才是地久天长、永恒不变的。"神仙本是多情种，蓬山远，有情通。情根历劫无生死，看到底终相共，尘缘倥偬，忉利天情更永"。但是，要到达理想的爱情天地，仍需要在凡世做出努力。既要具有那种天涯海角难阻隔、生生死死不变移、心心相印不相欺的专一至情，又要有"败而能悔"的精神。

洪昇通过许多情节表现出了李、杨爱情中既带有帝妃爱情的特殊性又具有普通男女爱情的一般性。他真实地写出了帝妃生活中的荒淫糜乱、争宠权诈等特点，也极力表现了李、杨之间充满浓情蜜意的爱情关系。在李隆基方面主要表现了他从风流好色、三心二意到感情真挚专一、缠绵深沉的转变；在杨贵妃方面则主要突出了她为争取到皇帝钟情于她而受尽煎熬。

《长生殿》中的李隆基上场时唐朝已非盛世，他沉溺安乐，寄情声色，唯愿"此生终老温柔，白云不羡仙乡"。已是年迈之人的他，又册封年轻美貌的杨玉环为贵妃，并拿出金钗、钿盒与杨妃定情，愿与她"并翅交飞，牢扣同心结合欢"。他以一个封建皇帝所能给予的奢侈享受给予杨妃，以示恩宠。他为得到爱妃的欢心，赐杨家"一门荣宠"。杨玉环的堂兄杨国忠被拜为右相，三个姐姐都被封为夫人。唐明皇"弛了朝纲，占了情场"，不察奸忠，不仅赦免了安禄山失误军机的死罪，还委以三镇节度使的重任，为安史之乱埋下祸根。他为博得杨妃一笑，竟然责令远隔千山万水的涪州、海南两道每年进贡新鲜荔枝，致使进贡使臣疲于奔命，驿马多半累死，驿官几乎逃尽，禾苗被践踏，行人被马踩死。洪昇客观地写出了帝妃之间的爱情使国家和人民付出了多么惨痛的代价。在杨妃的不断努力下，李隆基的感情被渐渐征服了。李、杨继《定情》后又在《密誓》中海誓山盟，"愿世世生生永为夫妇，永不相离"。他们在七月七日长生殿中发出的誓言，标志着李隆基专一爱恋杨玉环的开始。马嵬之变则是李、杨爱情的转折点，李隆基经受了一次最严峻的爱情考验。在杨妃将要与他永诀的时候，他痛不欲生："你若捐生，朕虽有九重之尊，四海之富，要他则甚！宁可国破家亡，决不肯抛舍你也！""若是再禁加，拼代你陨黄沙。"在李隆基看来，爱妃若死，皇帝的宝座又有什么用？他甚至要替杨妃去死。他感叹"堂堂天子贵，不及莫愁家"。《埋玉》以后，李杨之间由人间爱情变为人仙爱恋。李隆基出逃四川，退出宫廷，传位太子。历史与人生的巨大变迁使他终日抱恨，忏悔万端。他一悔天下变乱是因"朕之不明"；二悔爱妃丧生是因"寡人昧了他誓盟深，负了他恩情广，生拆开比翼鸾凰"。从《埋玉》、《闻铃》到《哭像》、《雨梦》，李隆基完全沉浸在对杨妃刻骨铭心的思念之中，沉浸在失去所爱之人以后的难以排遣的孤独寂寞的情绪里。李隆基退出了政治舞台，却使得他对杨妃的爱情变得纯洁了。于是，欣赏者便能够同情、理解他的感情和遭遇，并为他最终在月宫与杨妃重圆，得到了永恒美满的爱情而感到欣慰。

《长生殿》中的杨贵妃是一个不倦地追求真挚、专一爱情的女性形象，与历史上的杨贵妃有所不同。洪昇在对杨玉环形象的改造加工过程中表现了他的爱情理想。在《例言》中，洪昇写道："史载杨妃多污乱事，予撰此剧，止按白居易《长恨歌》、陈鸿《长恨歌传》为之。而中间点染处，多采《天宝遗事》、《杨妃全传》。若一涉秽迹，恐妨风教，绝不阑入，览者有以知予之意也。"洪昇的爱情理想是实现"纵到九地轮回也永不忘，博得个终随唱"（见洪昇《四婵娟》）的真诚专一、始终不变的夫妇关系，他笔下的杨玉环的所作所为几乎是他的爱情理想的现实表现。从《定情》开始，杨玉环就对着金钗、钿盒表达了自己的爱情追求："惟愿取情似坚金，钗不单分盒永完。"他把爱情的专一性、永恒性的要求加到享有"后宫粉黛三千人"的皇帝身上。她"拔自宫

"嫔",知道后宫三千美人就是威胁她的专宠地位的隐患。容貌体态的娇美固然是她的天生资本,但夺取君心还需要斩断帝王对其他人的眷恋情思。于是,她被册立为贵妃后,不容李隆基勾搭虢国夫人,又"逼得个梅娘娘,直迁置楼东无奈"。她还自制《霓裳羽衣曲》压倒了梅妃的《惊鸿舞》。在被贬出宫外的不利情况下,她剪断青丝以表深情。在听说李隆基暗召梅妃后,她虽然一夜哀怨,但又清醒地意识到:"江采苹,江采苹,非是我容你不得,只怕我容了你,你就容不得我也。"她揣摸君心,清晨追至翠华西阁,奚落唐明皇的用情不专,取出金钗、钿盒要向明皇把"深情蜜意从头缴"。这种又娇又妒的情态反而打动了李隆基,他更喜欢"情深妒亦真"的爱妃了。七月七日之夜,长生殿中,杨玉环对着牛郎、织女星发出了"愿钗盒情缘长久订,莫使做秋风扇冷"的祈祷。杨玉环千方百计,巩固了李隆基对自己的爱情,同时也为自己的马嵬命绝设置了坟墓。杨玉环临死时恋恋不舍李隆基,她嘱托高力士小心侍奉明皇,她声泪俱下地对李隆基说道:"我那圣上啊,我一命儿便死在黄泉下,一灵儿只傍着黄旗下。"杨玉环的痴情始终不变。在《情悔》中,杨玉环的鬼魂忏悔道:"只想我在生所为,那一桩不是罪案。况且弟兄姊妹,挟势弄权,罪恶滔天,总皆由我,如何忏悔得尽。"然而,"只有一点那痴情,爱河沉未醒。说到此悔不来,惟天表证。纵冷骨不重生,拼向九泉待等……敢仍望做蓬莱座的仙班,只愿还杨玉环旧日的匹聘"。她唯一无悔的是她和李隆基的美满爱情,在作者看来,她这一悔"能教万孽清"。成仙后的杨玉环仍然是"位纵在神仙列,梦不离唐宫阙,千回万转情难灭"。于是,作者就让杨玉环在仙境中实现了在人间宫廷中难以实现的和李隆基永久团圆的美好愿望。洪昇从"从今闺阁长携手,翻笑双星惯别离"(见洪昇《稗畦集·七夕·时新婚后》)到"天上留佳会,年年在斯,却笑他人世情缘顷刻时"的思想变化,说明了他对于永恒爱情的向往和对人世情缘短暂的遗憾。

《长生殿》围绕李、杨爱情这个核心,又展开了广阔的社会生活的描写,起到了深化爱情主题的作用。作品的前半部穿插描述了杨氏兄妹的倚势弄权,骄奢淫逸;安禄山的阴谋叛逆;人民群众的愤懑反抗。后半部则穿插描绘了雷海青的英勇骂贼,郭子仪的坚决抗敌,李龟年的慷慨悲歌。在《疑谶》

中，郭子仪的一段唱词，反映了作者对封建社会的深刻认识："怪私家恁僭窃，竞豪奢，夸土木。一班儿公卿甘作折腰趋，争向权门如市附。再没有一个人呵，把舆情向九重分诉。可知他朱甍碧瓦，总是血膏涂。"在《骂贼》中，乐工雷海青对叛贼降臣的痛斥反映了作者的耿耿正气："平日价张着口将忠孝谈，到临危翻着脸把富贵贪。早一齐儿摇尾受新衔，把一个君亲仇敌当作恩人感。咱，只问你蒙面可羞惭？"在《弹词》中李龟年对天宝遗事的弹唱吐露了作者对于国破家亡、历史兴衰的深沉感叹和痛定思痛的严肃思索："唱不尽兴亡梦幻，弹不尽悲伤感叹，大古里凄凉满眼对江山。"他沉痛地指出最高统治者"弛了朝纲，占了情场"。一曲《弹词》拨动了清初广大人民的心弦，这与洪昇真实反映了那个特定时代人们普遍的社会心理不无关系。

《长生殿》的艺术成就很高。梁廷枏在《曲话》中认为它是"千百年来曲中巨擘"。吴舒凫在《长生殿·序》中说："昉思句精字研，罔不谐叶。爱文者喜其词，知音者赏其律。以是传闻益远。蓄家乐者，攒笔竞写，优伶能是，升价什佰。"《长生殿》成功地在李、杨故事历史题材的基础上进行了艺术加工，把现实与幻想融为一体，既反映了一个历史时期的社会生活，又描绘了令人神往的理想境地。既满足了人们喜欢真实的心理，又顺应了人类喜爱幻想的天性。《密誓》是根据《长恨歌》"七月七日长生殿，夜半无人私语时"两句诗敷演出来的。写天宝十年七月七夕，牛郎织女鹊桥相会时看李隆基和杨玉环在长生殿山盟海誓的过程。牛郎织女将天上人间相比较，得出"天上留佳会，年年在斯，却笑他人世情缘顷刻时"的结论，并指出李、杨劫难将至，预示了李、杨爱情的乐极生悲。这一出把天上与人间融为一体，意境很美。《长生殿》前半部深刻的现实描写与后半部美好的浪漫描绘也构成了一个完整的艺术境界，使得《长生殿》的艺术成就超过了《长恨歌》和《梧桐雨》。棠村相国称《长生殿》"乃一部闹热《牡丹亭》"就是看到了《长生殿》的这种现实与幻想相结合的特点和其不亚于《牡丹亭》的绚丽文采。

《长生殿》的文辞曲律既具有阴柔之美，也不乏阳刚之气，既富诗情画意，又有沉雄顿挫之力，能满足欣赏者多层次的审美需要。《偷曲》一出写李谟在宫墙外偷听《霓裳羽衣》舞曲的情景。那种景、情、声、色相交融的场面能给读者以身临其境的感觉和美的享受。《闻铃》一出则把风声、雨声、铃声交织一起,烘托了在雨打梧桐的秋夜李隆基思念杨玉环的凄切心境:

【前腔】淅淅零零,一片凄然心暗惊。遥听隔山隔树,战合风雨,高响低鸣。一点一滴又一声,一点一滴又一声,和愁人血泪交相迸。对这伤情处,转自忆荒茔。白杨萧瑟雨纵横,此际孤魂凄冷,鬼火光寒,草间湿乱萤。只悔仓皇负了卿,负了卿!我独在人间,委实的不愿生。语娉婷,相将早晚伴幽冥。一恸空山寂,铃声相应,阁道崚嶒,似我回肠恨怎平!

而在《疑谶》、《骂贼》、《弹词》中,郭子仪、雷海青、李龟年等的曲词多具激昂慷慨的格调。如《疑谶》写郭子仪的壮志情怀,曲词豪壮,很有英雄气概:

【商调集贤宾】论男儿壮怀须自吐,肯空向杞天呼?笑他每似堂间处燕,有谁曾屋上瞻乌!不提防枹虎樊熊,任纵横社鼠城狐。几回家听鸡鸣,起身独夜舞。想古来多少乘除，显得个勋名垂宇宙，不争便姓字老樵渔！

洪昇在宫调运用和审音协律方面造诣精湛，《长生殿》的文辞读来朗朗上口，有很强的音乐感染力。

《长生殿》的关目安排十分精巧。爱情线索与社会生活线索交叉进行，相互对照，取得了强烈的戏剧效果。又以金钗、钿盒作线索来贯穿全剧。在剧本刚一开始时就让唐明皇拿出金钗、钿盒与杨妃定情。在最后一出《重圆》中，又让李、杨各拿一半金钗、钿盒，会合于月宫：这其间钗盒出现了多次。吴舒凫说："钗盒乃本传始终作合处。""大抵此剧以钗盒为经，盟言为纬，而借织女之机梭以织成之。呜呼，巧矣！"

《长生殿》在音乐方面有新的发展和突破，如《觅魂·后庭花滚》，从第六句开始增添了四十八句不计衬字在内的五字句，吸收了弋阳腔加滚的手法，进一步丰富了昆曲的曲牌和唱法。

总之，《长生殿》的思想艺术都取得了很高的成就。因此，剧本一出现就流行起来。康熙时北京流传着"家家收拾起，户户不提防"的说法。"收拾起"为《千忠戮》中《惨睹》一出的［倾杯玉芙蓉］曲，"不提防"则为《长生殿》中《弹词》一出的［南吕一枝花］曲。这说明《长生殿》在当时是家喻户晓的。

《长生殿》全剧共五十出，规模宏大。本书只选译了其中的十四出。这些折出都是《长生殿》剧情发展过程中的重要折出，并能在一定程度上代表《长生殿》的思想和艺术成就。其中《定情（赐盒）》、《疑谶（酒楼）》、《偷曲》、《进果》、《絮阁》、《密誓》、《埋玉》、《闻铃》、《哭像》、《弹词》等，至今还是南北昆剧团的保留剧目。

《长生殿》是明末清初传奇剧作的优秀代表作之一。在我国文学史上，传奇有多种涵义，既指唐代的短篇传奇小说，也把宋元南戏和元杂剧称为传奇。近代以来，戏曲史沿袭明人说法，把明清以演唱南曲为主的戏曲作品确定为传奇。从结构上说，传奇剧本大都是二十出到六十出之间的宏篇巨制，每一出多是剧情发展过程中的一个段落，大都在结尾处有两句或四句的下场诗，或说明本出戏结束，或总结本出戏内容，或为下出戏设置悬念；从音乐体制看，曲牌更加丰富，"集曲"的运用增强了传奇的音乐表现力①；从演出体制看，角色分工更细，末、生、小生、外、旦、贴、老旦、净、副净、丑十行角色凡上场者都能唱。从《长生殿》的选出中，我们也可以看出传奇剧作的上述主要特征。

本书以徐朔方先生的校注本《长生殿》（人民文学出版社1958年版）为底本，参考了蔡运长先生的《长生殿通俗注释》（云南人民出版社1987年版）一书及许多注家的成果，在此郑重说明，并深表谢意。

本书的译注工作是在业师李修生先生的直接指导下完成的。刘仁清先生修改审定了每一选出，花费了大量心血。在此谨向二位先生表示感谢！

古典戏曲曲辞的今译是相当困难的，由于译者水平的限制，存在的问题是很多的，希望得到读者的指正。

戚海燕（北京教育考试院北京考试报社）

---

① 集曲：从同一宫调或属于同一笛色的不同宫调内，选取不同曲牌的各一节，联为新曲，再从所用曲牌名中各取一二字，合为曲名，成为南曲曲牌的一种体式，叫集曲。

人 物 表

（按出场先后排列）

李隆基——即唐玄宗，一称唐明皇。生扮①。

杨玉环——贵妃。旦扮②。

郭子仪——灵武太守，天德军使；朔方节度使。外扮③。

李龟年——唐代宫廷音乐家，梨园班首。末扮④。

李　谟——唐代著名笛师。小生扮⑤。

高力士——太监。丑扮⑥。

陈元礼——右龙武将军，统领禁军。末扮。

雷海青——唐代宫廷音乐家，善琵琶。外扮。

---

① 生：传奇中男性主角的名称。 ② 旦：传奇中女性主角的名称。 ③ 外：传奇中的角色名，多扮演老年男子。 ④ 末：传奇中的角色名，一般扮演中年以上的男子。 ⑤ 小生：传奇中的男性角色。 ⑥ 丑：传奇中的角色名，用粉墨敷面，外貌丑陋。

安禄山——范阳节度使。净扮①。

杨国忠——杨贵妃堂兄,右丞相。副净扮②。

永　新——宫女。老旦扮③。

念　奴——宫女。贴扮④。

土地神——副净扮。

织女仙——贴扮。

西州道使臣——末扮。

海南道使臣——副净扮。

老田夫——外扮。

算命瞎子——小生扮。

女瞎子——净扮。

驿　卒——丑扮。

————————

① 净:传奇中的角色名,一般扮演性格刚烈、粗鲁或奸险的人。 ② 副净:副净角,俗称"二花脸"。 ③ 老旦:扮演老年妇女的角色。 ④ 贴:副旦角。

传　概①

本出为原作第一出，讲述了作者的创作意图和《长生殿》的剧情大意。在开场的［满江红］一词中洪昇表明：他就是要借唐明皇和杨贵妃的传奇故事来重新谱写一曲情的赞歌。他有感于男女之间有情而无缘的现实，他要歌颂那种天涯海角难阻隔、生生死死不变移、心心相印不相欺的真挚爱情；他要礼赞那种能感动金石，回转天地，光照日月，垂名青史的专一至情。在封

---

① 传概：相当于家门引子。传奇第一出开始时，由一个角色（"副末"或者"末"，略似后世的报幕人）上场，说明作者的创作意图和剧情大意以吸引观众的注意力，后来逐渐成为固定格式。

建社会里公开提出这一难以实现，却又合乎人性、顺应时代发展方向的爱情理想，无疑是大胆的。本出中的第二曲，对全剧剧情进行了概括说明。本出曲词洗练自然，概括性强，是较好的传奇家门引子。

【南吕引子·满江红】(末上)今古情场，问谁个真心到底？但果有精诚不散，终成连理①。万里何愁南共北，两心那论生和死。笑人间儿女怅缘悭②，无情耳。感金石，回天地。昭白日③，垂青史④。看臣忠子孝，总由情至⑤。先圣不曾删郑、卫⑥，吾侪取义翻宫、徵⑦。借太真外传谱新词⑧，情而已。

---

① 连理：即连理枝，枝干连生在一起但不同根的树木。常用来比喻恩爱的夫妻。　② 怅：失意，不满。悭(qiān 千)：吝、欠缺。　③ 昭：显明。　④ 青史：古代在竹简上记事，因此称史书为"青史"。　⑤ 总：都。　⑥ 先圣：指孔子。郑、卫：指《诗经》中的《郑风》和《卫风》，因郑、卫之诗多写恋情而被封建正统人士视为"淫声"。　⑦ 侪(chái 柴)：辈。翻宫、徵(zhǐ 纸)：制作乐曲。古代音乐的音阶分为宫、商、角、徵、羽，此处用"宫徵"指代乐曲。　⑧ 太真外传：即宋代传奇《杨太真外传》，乐史作。这里泛指杨贵妃的故事。杨玉环号太真。

【中吕慢词·沁园春】天宝明皇①，玉环妃子，宿缘正当。自华清赐浴②，初承恩泽。长生乞巧③，永订盟香。妙舞新成④，清歌未了，鼙鼓喧阗起范阳⑤，马嵬驿、六军不发⑥，断送红妆⑦。西川巡幸堪伤⑧，奈地下人间两渺茫。幸游魂悔罪⑨，已登仙籍⑩。回

① 天宝：唐玄宗年号。明皇：唐玄宗李隆基，因谥号为"至道大圣大明孝皇帝"而被称为唐明皇。 ② 华清：即华清池，在今陕西省西安临潼区的骊山脚下。赐浴：李隆基赐杨玉环洗浴。 ③ 长生：指长生殿。乞巧：古代每逢七月七日夜里，传说中的牛郎织女相会时，小儿拿纸笔，女子持针线，焚香拜求，希望得到智巧。 ④ 妙舞：指美妙动听的《霓裳羽衣舞》。 ⑤ 鼙(pí 脾)鼓：战鼓。喧阗(tián 田)：喧闹声。范阳：唐方镇名。即下场诗中所说的渔阳。天宝元年(742)，改幽州节度使为范阳节度使，辖区约当今河北怀来、永清，北京市房山以东和长城以南地区。安禄山时为平卢、河东、范阳三镇节度使，755年冬从范阳起兵反唐。 ⑥ 马嵬：马嵬坡，在陕西兴平县西。驿：驿站，古代供传递公文或来往官员中途歇宿、换马的地方。六军：军队的统称。此指随驾的御林军。 ⑦ 红妆：指杨贵妃。 ⑧ 西川：泛指蜀地。巡幸：本指皇帝出外巡视，这里讳言逃难。 ⑨ 游魂：指杨玉环飘游不定的魂灵。 ⑩ 仙籍：指仙位。仙，古代道家方士所幻想的一种超越人间、长生不死的人。

銮改葬①,只剩香囊。证合天孙②,情传羽客③,钿

盒、金钗重寄将④。月宫会⑤,霓裳遗事,流播词场。

唐明皇欢好霓裳宴,杨贵妃魂断渔阳变。

鸿都客引会广寒宫⑥,织女星盟证长生殿⑦。

---

① 改葬:因某种原因将死者尸骨移葬它处。 ②"证合"
句:在本剧中为唐明皇和杨贵妃的爱情作证,使二人最终在
月宫相会。合,聚会。天孙,神话传说中天帝的孙女儿织女。
③"情传"句:指剧中所写道士杨通幽为李、杨传情达意,促使
他俩在月宫团圆的情节。羽客:道士。 ④ 钿盒、金钗:唐明
皇送给杨贵妃的定情信物,见第二出《定情》。 ⑤ 月宫会:指
李、杨在月宫重圆的情节。见第五十出《重圆》。 ⑥ 鸿都客:
神仙。此指上文所说的"羽客"杨通幽。鸿都,即仙府。广寒
宫:即月宫。 ⑦ 以上四句七言诗,即传奇中所说的"下场
诗"。从形式上讲,传奇的每一出结尾都用下场诗来概括该
出的大意。它可以由剧作者自己创作,也可以是集句或就前
人诗句改易数字而成。《长生殿》除本出外,各出下场诗多非
剧作者自撰。凡采自唐诗者,原已注明作者。为了节省篇
幅,本书中对下场诗一律只注不译。这里的四句下场诗,从
内容上讲,仍是剧情概要,其作用大致相当于杂剧的"题目
正名"。

【翻译】

报幕人（上）：

试问今古风月情场，

有哪个真心到底？

只要真有精诚不变的深情厚爱，

有情人最终会结成同心爱侣。

两情纯真——愁什么天南地北，

两心坚贞——管什么死别生离。

笑人间儿女怅恨缘分少，

实在是自己无情意。

真情啊！

感动金石，

回旋天地。

光明如同白日，

使人留名青史。

看看忠臣孝子的所作所为，

都是由于他们的真情所至。

孔子不曾删去郑、卫恋诗，

我们就是根据这个道理制成新的乐曲。

借杨贵妃的故事谱写新曲词，

歌颂纯真的爱情而已。

风流皇帝李隆基,

多情妃子杨玉环,

宿世姻缘正应成双。

自华清池杨玉环蒙受赐浴,

便开始得到唐明皇的恩宠;

从七月七日长生殿乞巧,

李杨二人便永订誓盟。

美妙的《霓裳》舞刚刚练成,

清亮的歌声还在宫中回响,

战鼓喧腾安禄山兵叛范阳。

御林军护驾至马嵬驿便拒绝前进,

逼迫一代红颜自缢身亡。

明皇继续向西川逃难,

那孤苦的情境令人悲伤,

无奈地下人间两处相隔音容渺茫。

幸亏杨妃游魂忏悔了生前罪过,

她最终登上了仙班。

明皇归来,要把爱妃改葬,

谁料想墓中只剩下她生前常佩戴的香囊。

有织女啊证实他们的爱,

有道士啊传达他们的情,

钿盒、金钗重新给予了明皇。

月宫中二人（相会）重圆，

从此，他们得到了永恒的爱情。

愿那霓裳羽衣舞的遗事，

永远流传在剧场。

（念）：

唐明皇欢好霓裳宴，

杨贵妃魂断渔阳变。

鸿都客引会广寒宫，

织女星盟证长生殿。

定　情

　　本出为原作第二出，上场时的李隆基已非盛世明君，他寄情声色，沉溺安乐。而杨玉环则刚被册立为贵妃。李隆基拿出金钗、钿盒与杨妃定情，愿与她"并翅交飞，牢扣同心结合欢"，杨妃也唯愿君恩"似坚金，钗不单分盒永完"。本出是李、杨爱情的发端，极写他们恩情美满，祝愿他们的爱情地久天长。同时也写到了后宫佳丽三千人对于杨妃即将失宠的悲剧命运的担忧，这是封建的帝妃婚姻制度所带来的必然结果。洪昇既珍重李、杨的定情，又清醒地看到了这种帝妃爱情背后的血泪。本出显示了洪昇艺术构思的精巧，金钗、钿盒既是李、杨爱情的象

征,同时也起到贯穿剧情的作用。从《定情》到
《重圆》,几乎在每个关键时刻都有钗盒出现。
本出曲词华美而不堆砌,无论是明皇、贵妃,还
是宫娥、内侍的语言都具有个性化的特点。

【大石引子·东风第一枝】(生扮唐明皇引二内侍上)
(生)端冕中天①,垂衣南面②,山河一统皇唐。层霄
雨露回春,深宫草木齐芳。升平早奏③,韶华好④,
行乐何妨。愿此生终老温柔⑤,白云不羡仙乡⑥。
"韶华入禁闱⑦,宫树发春晖。天喜时相合⑧,人和

---

① 端冕:此处指帝王的礼服。端,古代礼服;冕,冠类,古
代帝王、诸侯、大夫的祭服,后来只有帝王才能戴冕有旒。中
天:指日在天中,喻盛世。古史称尧舜时为中天之世,后来成
为对帝王歌功颂德的套语。 ② 垂衣:形容太平无事,垂衣拱
手便可以治理天下。南面:皇帝的宝位坐北朝南,这里指在
位统治。 ③ 升平:歌颂太平的曲调。词牌有[升平乐]。
④ 韶华:美好的时光,常指春光。 ⑤ 温柔:即温柔乡,指美色
醉人之境。汉成帝得赵飞燕,愿终老温柔乡。 ⑥"白云"句:
不羡慕白云缭绕的仙乡,汉武帝慕仙,追求白云之乡。 ⑦ 禁
闱:指宫廷。古时称皇帝居住的地方为"禁"。 ⑧"天喜"句:
指大自然风调雨顺。

事不违①。九歌扬政要②，六舞散朝衣③。别赏阳台乐④，前旬暮雨飞⑤。"朕乃大唐天宝皇帝是也。起自潜邸⑥，入缵皇图⑦，任人不二，委姚、宋于朝堂⑧；从谏如流⑨，列张、韩于省闼⑩。且喜塞外风清万里，民间粟贱三钱。真个太平政治，庶几贞观之年⑪；刑措成风⑫，不减汉文之世⑬。近来机务余闲，寄情声色。昨见宫女杨

---

① 不违：遵从，顺利。　② 九歌：此处指夏朝的庙堂音乐。③ 六舞：周武王的《大武》舞乐共有六章，也被称为"六舞"。此处泛指周朝的舞乐。　④ 阳台：据宋玉《高唐赋序》记载：楚襄王游高唐时曾梦会一位自称在"阳台之下"的巫山神女。于是旧时常称男女欢会之所为"阳台"。　⑤ 前旬：前次。暮雨：仍指楚襄王与巫山神女欢会事。案："韶华"八句是本出人物之一（唐明皇）的上场诗，原诗见《全唐诗》卷一明皇帝《首夏花萼楼观群臣宴宁王山亭回楼下，又申之以赏乐赋》。本剧中的上场诗跟下场诗一样，多为集句或改易前人诗句而成。为省篇幅，本书中一律只注不译。　⑥ 朕：秦汉以后皇帝自称的专用代词。潜邸：旧时指皇帝即位前所住的地方。⑦ 缵（zuǎn 纂）：继承。皇图：皇朝的版图，这里指皇位。⑧ 姚、宋：指唐开元时著名的贤相姚崇、宋璟。　⑨ 从谏如流：听从规劝如水顺流而下，指帝王能虚心接受臣下的劝告。　⑩ 张、韩：指唐开元时的贤相张说、韩休。省闼（tà 榻）：指中央政府。　⑪ 庶几：近似，差不多。贞观：唐太宗李世民的年号（627—649）。当时是太平盛世，历史上称为贞观之治。　⑫ 刑措：刑法废置不用。措，废置。　⑬ 汉文之世：汉文帝时期，实行"与民休息"的政策，减轻刑狱，社会安定。

玉环,德性温和,丰姿秀丽。卜兹吉日①,册为贵妃。已曾传旨,在华清池赐浴,命永新、念奴伏侍更衣。即着高力士引来朝见,想必就到也。

【玉楼春】(丑扮高力士,二宫女执扇,引旦扮杨贵妃上。)恩波自喜从天降,浴罢妆成趋彩仗。(宫女)六宫未见一时愁②,齐立金阶偷眼望。

(到介,丑进见生跪介)奴婢高力士见驾。册封贵妃杨氏,已到殿门候旨。(生)宣进来③。(丑出介)万岁爷有旨④,宣贵妃杨娘娘上殿。(旦进,拜介)臣妾贵妃杨玉环见驾,愿吾皇万岁。(内侍)平身。(旦)臣妾寒门陋质,充选掖庭⑤,忽闻宠命之加,不胜陨越之惧⑥。(生)妃子世胄名家⑦,德容兼备。取供内职⑧,深惬朕心。(旦)万岁。(丑)平身。(旦起介,生)传旨排宴。(丑传介)(内奏乐。旦送生酒,宫女送旦酒。生正坐,旦傍坐介)

【大石过曲·念奴娇序】(生)寰区万里⑨,遍征求窈窕⑩,谁堪领袖嫔嫱⑪? 佳丽今朝⑫,天付与,端的绝

---

①卜:占卜。兹:这个。 ②六宫:古代帝王宫殿中,皇后妃嫔的住处。此指后妃。 ③宣:宣召。 ④旨:皇帝的命令。 ⑤掖庭:皇宫中的旁舍,即宫嫔居住的地方。 ⑥陨越:颠坠。后喻失败,失职。 ⑦世胄:贵族后裔。 ⑧内职:宫内妇女所任职务,这里指贵妃的身份。 ⑨寰区:广大的疆域。 ⑩窈窕:指美女。 ⑪嫔嫱:古代宫廷里的女官。 ⑫佳丽:美人。

世无双①。思想,擅宠瑶宫②,褒封玉册③,三千粉黛总甘让④。(合)惟愿取恩情美满,地久天长。

【前腔】⑤【换头】⑥(旦)蒙奖。沉吟半晌⑦,怕庸姿下体⑧,不堪陪从椒房⑨。受宠承恩,一霎里身判人间天上⑩。须仿,冯嫕当熊⑪,班姬辞辇⑫,永持彤管侍君傍⑬。(合)惟愿取恩情美满,地久天长。

【前腔】【换头】(宫女)欢赏,借问从此宫中⑭,阿谁第

① 端的:果然,实在。 ② 擅:独揽。瑶宫:华美的皇宫。 ③ 褒:嘉奖,褒封,加封。玉册:刻在玉版上的文书。此指册封贵妃的文书。 ④ 粉黛:搽脸的白粉和画眉的黛墨,这里代指宫中美女。 ⑤ 前腔:南曲过曲部分连续使用同一曲牌时,后面各曲不再标出曲牌名,而写成"前腔",与北曲中的"幺篇"或"幺"同。 ⑥ 换头:南北曲连续使用同一曲牌,而后曲的头一句与前曲头一句不同时,后曲称为"换头"。 ⑦ 沉吟:沉思吟味。半晌:半天。 ⑧ 下体:贱体。 ⑨ 椒房:指后妃居住的房子。因花椒气味芳香,性温,所以古代常用花椒来涂抹后妃居室的墙壁。一说椒多实,象征多生子息。 ⑩ 判:区分。 ⑪"冯嫕(nì昵)"句:指冯嫕的故事。冯嫕是汉元帝的女官(婕妤),后被封为皇妃(昭仪)。曾挺身挡住从笼中跑出的熊,保护了元帝。 ⑫ 班姬:汉成帝的婕妤。成帝曾要求和她同坐一辆车,她谢绝了,劝皇上近贤臣、远女色。 ⑬ 彤管:红色笔杆的笔。宫中女史用这种笔记事。 ⑭ 借问:请问。

一①? 似赵家飞燕在昭阳②。宠爱处，应是一身承当。休让，金屋装成③，玉楼歌彻④，千秋万岁捧霞觞⑤。（合）惟愿取恩情美满，地久天长。

【前腔】【换头】（内侍）瞻仰，日绕龙鳞⑥，云移雉尾⑦，天颜有喜对新妆⑧。频进酒，合殿春风飘香。堪赏，圆月摇金，余霞散绮，五云多处易昏黄⑨。（合）惟愿取恩情美满，地久天长。

（丑）月上了。启万岁爷撤宴。（生）朕与妃子同步阶前，玩月一回。（内作乐。生携旦前立，众退后，齐立介）

【中吕过曲·古轮台】（生）下金堂，笼灯就月细端相⑩，庭花不及娇模样。轻偎低傍，这鬓影衣光，掩映出丰姿千状。（低笑，向旦介）此夕欢娱，风清月

① 阿谁：谁，何人。　② 赵飞燕：汉成帝的皇后，长期受成帝宠爱。昭阳：昭阳殿，赵飞燕居住的地方。　③ 金屋：指华贵的房子。汉武帝做太子时，长公主要把女儿嫁给他，问他觉得如何。他说：如果得到阿娇，就要修金屋给她住。　④ 彻：响彻。　⑤ 觞（shāng 商）：古代喝酒用的器具。　⑥ 日绕龙鳞：见杜甫《秋兴》其五："云移雉尾开宫扇，日绕龙鳞识圣颜。"龙鳞，皇帝衮衣上绣龙的鳞纹。　⑦ 云移：形容雉尾扇张开时光彩如云彩的移动。雉尾：野鸡的尾巴。这里指雉尾障扇，是皇帝的仪仗队所用。　⑧ 天颜：旧称皇帝的容颜。　⑨ 五云多处：相传天子所居之处有五色彩云，这里指宫中。　⑩ "笼灯"句：化用周邦彦词"笼灯就月，子细端相"句。笼，笼罩。

朗，笑他梦雨暗高唐①。（旦）追游宴赏，幸从今得侍君王。瑶阶小立，春生天语，香萦仙仗②，玉露冷沾裳。还凝望，重重金殿宿鸳鸯。

（生）掌灯往西宫去。（丑应介，内侍、宫女各执灯引生、旦行介）（合）

【前腔】【换头】辉煌，簇拥银烛影千行。回看处珠箔斜开③，银河微亮。复道④，回廊，到处有香尘飘扬。夜色如何？月高仙掌⑤。今宵占断好风光⑥，红遮翠障，锦云中一对鸾凰。"琼花"、"玉树"、"春江夜月"⑦，声声齐唱，月影过宫墙。褰罗幌⑧，好扶残醉入兰房。

（丑）启万岁爷，到西宫了。（生）内侍回避。（丑）春风开紫殿⑨，（内侍）天乐下珠楼⑩。（同下）

---

① 梦雨暗高唐：用楚王游高唐，梦中与神女欢会的故事，后指男女交欢，参见前"阳台"注。　② 仙仗：指皇帝的仪仗。　③ 珠箔（bó 勃）：珠帘。　④ 复道：高楼之间或山岩险要处架空的通道。　⑤ 月高仙掌：月亮升得很高，超过了仙人盘。指夜已深。仙掌，即仙人盘。汉代宫中铸有仙人铜像，铜仙人"高二十四丈，大十围"，用手托巨盘以承接天上的甘露。　⑥ 占断：占尽。　⑦ "琼花"、"玉树"：即《玉树后庭花》，"春江夜月"即《春江花月夜》，都是歌曲名。　⑧ 褰（qiān 千）：揭起。罗幌：罗帷门幕之类。　⑨ 紫殿：紫色的宫殿，指皇宫。　⑩ 天乐：天上的仙乐。珠楼：用珠玉装饰的宫楼。

【余文】(生)花摇烛,月映窗,把良夜欢情细讲。

(合)莫问他别院离宫玉漏长①。

(宫女与生、旦更衣,暗下,生、旦坐介)

(生)银烛回光散绮罗②,(旦)御香深处奉恩多③。(生)六宫此夜含颦望④,(合)明日争传《得宝歌》⑤。(生)朕与妃子偕老之盟,今夕伊始⑥。(袖出钗、盒介)特携得金钗、钿盒在此,与卿定情。

【越调近词·绵搭絮】(生)这金钗、钿盒,百宝翠花攒⑦。我紧护怀中,珍重奇擎有万般⑧。今夜把这钗呵,与你助云盘⑨,斜插双鸾⑩;这盒呵,早晚深藏锦袖,密裹香纨⑪。愿似他并翅交飞,牢扣同心结合欢⑫。(付旦介,旦接钗、盒谢介)

---

① 别院离宫:供皇帝游乐居处的宫室,一般都有妃嫔居住。此处指杨玉环之外的妃子。玉漏:古代计时用的漏壶,这里指时间。 ② 银烛:银白色的蜡烛。回光:环绕四周的烛光。绮(qǐ 起)罗:锦缎。 ③ "御香"句:皇宫深处承受了君王过多的恩泽。 ④ 含颦(pín 贫):皱眉。 ⑤《得宝歌》:即《得宝子》。宋人乐史《杨太真外传》"上喜甚,谓后宫人曰:'朕得杨贵妃,如得至宝也。'乃制曲子曰《得宝子》。" ⑥ 伊始:开始。 ⑦ 攒(cuán 窜阳平):聚集。 ⑧ 奇擎:用手托。 ⑨ 云盘:指发髻。 ⑩ 双鸾:双凤金钗。 ⑪ 纨(wán 完):丝织品。 ⑫ 同心:这里指同心结,是旧时用锦带打成的连环回文样式的结子,象征男女相爱。合欢:此指男女相结合。

【前腔】【换头】谢金钗、钿盒赐予奉君欢。只恐寒姿，消不得天家雨露团①。（作背看介）恰偷观，凤翥龙蟠②，爱杀这双头旖旎③，两扇团圞④。惟愿取情似坚金，钗不单分盒永完⑤。

（生）胧明春月照花枝⑥，（元　稹）

（旦）始是新承恩泽时。（白居易）

（生）长倚玉人心自醉⑦，（雍　陶）

（合）年年岁岁乐于斯⑧。（赵彦昭）

【翻译】

（春光明媚，骊山华清宫）

（李隆基引二太监上）

李隆基（唱⑨）：

盛世在位，

无为可治国，

山河一统归大唐。

---

①消不得：消受不了。天家：指帝王。　②翥（zhù住）：鸟飞。　③旖旎（yǐ nǐ 以你）：娇柔美丽。双头：指两股金钗。④两扇：指钿盒的上下两扇。团圞（luán 峦）：形容月圆。⑤完：完好无缺。　⑥胧明：朦胧微明的样子。　⑦玉人：指美人。⑧"年年"句：意思是说永远在这种生活中享受欢乐。斯，这。　⑨唱：演唱。

雨露滋润大地回春，

深宫草木尽吐芳香。

太平乐，早早奏响，

春光美，行乐何妨。

愿一生沉醉在美色柔情中，

谁还羡慕那白云缭绕的神仙乡。

（念①）：

"韶华入禁闱，宫树发春晖。天喜时相合，人和事不违。九歌扬政要，六舞散朝衣。别赏阳台乐，前旬暮雨飞。"

（白）：

我是大唐天宝皇帝，以皇太子身份，入宫继承皇位。真心诚意任用贤才，先后委任姚崇、宋璟为宰相；接受劝谏，进言的人如流水。又相继任命张说、韩休为重臣。眼见得塞外边陲风清万里，民间斗米只卖三钱。真是太平盛世，好像回到贞观之世；不用刑法，社会安定，不亚于汉文帝时期。近来在处理军国大事的余暇，寄情于歌舞美色。昨日见宫女杨玉环，性情温和，姿容秀丽，体态丰满。特选定这个吉日，册封她为贵妃。我已经传过旨意，赐贵妃在华清池沐浴，命永新、念奴二宫女侍候更衣。又命高力士

---

① 念：诵读。

引来朝见,想必就要到了。

（高力士,二宫女执扇,引杨玉环上）

杨玉环（唱）：

君王恩爱从天降,沐浴后梳妆罢紧随彩色仪仗。

宫女（唱）：

六宫未见一时愁,

乔立金阶偷眼望。

（高力士进宫跪见李隆基）

高力士（白）：

奴婢高力士拜见皇上。贵妃杨玉环已到殿门等候宣旨。

李隆基（白）：

宣召进来。

高力士（出外）（白）：

万岁爷有旨,请贵妃娘娘上殿。

杨玉环（进宫跪拜）（白）：

臣妾杨玉环拜见皇上,愿我皇万岁!

太监（白）：

平身!

杨玉环（白）：

臣妾出身寒门,资质平庸,却有幸被选入宫中,忽受宠爱,加封贵妃,惟恐失职,辜负皇上。

李隆基（白）：

　　妃子是贵族名家之女，德行容貌兼备，封为贵妃，大称我心。

杨玉环（白）：

　　万岁！

高力士（白）：

　　平身。

　　（杨起身）

李隆基（白）：

　　传旨设宴。

　　（高力士传旨）（内奏乐。杨送李酒，宫女送杨酒。李正坐，杨傍坐）

李隆基（唱）：

　　国土万里，

　　遍征求窈窕美女。

　　谁能够合我意，艳压宫中群芳？

　　今朝上天赐予这美人，

　　实在是绝世无双。

　　前思后想，

　　皇宫内，将她独宠，

　　加封贵妃，

　　三千美人总该甘心避让。

（合唱）：

　　只愿啊，

　　恩情美满，

　　地久天长。

杨玉环（唱）：

　　承蒙皇上过奖。

　　沉思半晌，

　　我只怕庸姿俗体，

　　不配住椒房陪伴君王。

　　承蒙您的恩宠，

　　刹那间犹如人间天上，变化非常。

　　我应当学冯嫕挺身挡熊为皇上，

　　我应当效班姬随时劝谏辅君王。

　　永握红笔侍奉在君旁。

（合唱）：

　　只愿啊，

　　恩情美满，

　　地久天长。

宫女（唱）：

　　欢呼君王奖赏，

　　借问从此后，宫禁中

　　谁是第一？

好像那赵飞燕受宠在昭阳。

宠爱时，

应是贵妃她一人承当。

不必谦让，

金屋中梳妆成，

玉楼上歌声嘹亮，

为君王贵妃千秋万岁把酒上。

（合唱）：

只愿啊，

恩情美满，

地久天长。

太监（唱）：

恭恭敬敬抬头仰望，

皇上的龙袍辉映日光，

羽扇开合像彩云移动，

多彩的仪仗簇拥着神采奕奕的君王，

天颜欢喜对着那新妆娘娘。

频频进酒，

满殿飘香。

真可观赏，

圆圆的月亮闪烁着金光，

锦绣般的晚霞布满天上，

五彩的宫中已是黄昏景象。

（合唱）：

只愿啊，

恩情美满，

地久天长。

高力士（白）：

月亮上来了，请万岁爷退宴。

李隆基（白）：

我与妃子同到台阶前，赏一回月景。

（内奏乐。李隆基与杨玉环携手向前，众退后站立）

（唱）：

走下殿堂，

月色、灯光交相辉映，

我把这爱妃细细端详，

庭院鲜花比不上她娇艳可人的模样。

我们轻轻偎依低头相傍，

她鬓发闪月影，身上披月光，

辉映出娇美风姿，万般多情样。

（低笑，面向杨）

今夜里你和我多么欢畅，

风清爽，月明亮，

笑楚王与神女难比我俩！

杨玉环（唱）：

　　追随君王，游宴玩赏，

　　从今后，我有幸侍奉君王。

　　此刻站立在玉石台阶上，

　　天子的话语如春风吹拂着我的心房。

　　看缕缕香烟萦绕着五彩缤纷的皇家仪仗，

　　露珠儿沾湿了衣裳，

　　蓦然回首，痴情凝望——

　　重重金殿上，

　　甜甜美美睡着鸳鸯。

李隆基（白）：

　　提灯往西宫去。

　　（高力士应声，内侍、宫女提灯引李、杨行进）

（合唱）：

　　灯火辉煌，

　　银色的烛光下人影簇拥百千行。

　　回看处，一幅幅珠帘半开，

　　银河在遥远的天际微微发亮。

　　楼阁间架空的通道，

　　曲曲弯弯的走廊，

　　到处有香尘飘扬。

　　问一声"夜色如何？"

只见那——

月儿升高超越仙人承露掌。

今宵占尽好风光，

多彩的仪仗中红遮翠挡，

皇上与贵妃，

仿佛是彩云间并飞的一对凤凰。

《琼花玉树》、《春江夜月》，

声声齐唱，

月影儿悄然移过宫墙。

掀起帷帐，

慢慢扶着带醉的贵妃入新房。

高力士（白）：

回禀万岁爷，到西宫了。

李隆基（白）：

内侍回避。

高力士（念）：

春风开紫殿，

内侍（念）：

天乐下珠楼。（同下）

李隆基（唱）：

烛光摇动看花影，

月光映照在窗上，

我俩同把良宵欢情细细讲。

（合唱）：

不理会那别院妃子是否孤单寂寞嫌夜长。

（宫女为李隆基、杨玉环换衣，暗下）（李隆基、杨玉
环并坐）

李隆基（念）：

银烛回光散绮罗，

杨玉环（念）：

御香深处奉恩多。

李隆基（念）：

六宫此夜含颦望，

（合念）：

明日争传《得宝歌》。

李隆基（白）：

我与妃子白头到老的盟誓，从今夜开始。（从袖中
拿出钗、盒）我特地带着金钗、钿盒在此，作为与爱妃定
情的信物。

（唱）：

这金钗、钿盒，

用百种宝石翡翠镶满。

我紧紧护在怀中，

珍奇地托在手上，

珍爱万般。

（白）：

今夜我把这对凤凰金钗啊，

（唱）：

送予你装饰发髻，

这钿盒呵，

日夜深藏在锦缎衣袖，

密密地裹着香纨。

愿我俩似金钗上的凤凰并翅交飞，

像金玉镶成的钿盒一样，

牢牢扣紧同心结终生合欢。

（李把钗、盒给杨，杨接过拜谢）

杨玉环（唱）：

谢皇上把金钗、钿盒赐赏，

我承受君恩不敢忘。

只恐怕我寒门愚质，

受不起帝王家雨露润泽。

（背看）

偷偷看，

金钗上凤凰飞舞钿盒上长龙盘，

爱煞我啊！美丽的双凤钗，

还有这两扇钿盒月儿般圆。

只愿啊，

我俩的恩情金子般坚固不变，

像金钗不单分，

似钿盒永团圆。

李隆基（念）：

胧明春月照花枝，

杨玉环（念）：

始是新承恩泽时。

李隆基（念）：

长倚玉人心自醉，

（合）：

年年岁岁乐于斯。

疑　　谶①

　　本出为原作第十出。郭子仪在长安新丰酒楼上亲眼目睹令人伤心的时事：外戚骄奢淫逸、公卿趋炎附势、安禄山心怀叵测却又分外得宠，心中十分愤懑。术士李遐周在酒楼墙壁上"预识祸机"的谶语"燕市人皆去，函关马不归。若逢山下鬼，环上系罗衣"，更使忧国忧民的郭子仪不胜疑虑。他决心重新整顿乾坤、扶保大唐，建立千秋功业。作品塑造了郭子仪忠烈、清醒、"智深勇沉"的英雄性格，反衬出朝廷之上乐不思危、浑浑噩噩的局面。本出曲词豪壮，颇合酒

---

① 谶（chèn 衬）：预示将来事态的话语和征兆。

后壮士吐真言的情景。用典虽多但很恰切。

（外扮郭子仪将巾①，佩剑上）"壮怀磊落有谁知，一剑防身且自随。整顿乾坤济时了，那回方表是男儿。"自家姓郭名子仪，本贯华州郑县人氏。学成韬略②，腹满经纶③。要思量做一个顶天立地的男儿，干一桩定国安邦的事业。今以武举出身，到京谒选④。正值杨国忠窃弄威权⑤，安禄山滥膺宠眷⑥。把一个朝纲，看看弄得不成模样了。似俺郭子仪，未得一官半职，不知何时，才得替朝廷出力也呵！

【商调集贤宾】论男儿壮怀须自吐，肯空向杞天呼⑦？

① 郭子仪：唐大将。肃宗时任关内河东副元帅，与回纥兵配合收复长安、洛阳。他是平定安史之乱的主要人物。将巾：戴着武士的方巾。巾，裹头用的丝麻织品。 ② 韬略：用兵的谋略。 ③ 经纶：原指整理过的蚕丝，喻指政治规划。 ④ 谒（yè 夜）选：等待选派。 ⑤ 杨国忠：杨贵妃堂兄，身为右相，权倾内外，结党营私，贿赂公行。安禄山以"讨国忠"为名发动叛乱后，杨国忠随玄宗幸蜀，在马嵬驿被士兵杀死。 ⑥ 安禄山：唐代胡人。懂九藩语言，骁勇善战，取得了唐明皇、杨贵妃的信任，兼任平卢、范阳、河东三镇节度使。天宝十四载（755）冬，在范阳起兵反唐，攻洛阳，破潼关，杀入长安。后被其子安庆绪杀死。滥膺（yīng 英）宠眷：滥用皇帝的宠信。膺，承受。 ⑦ "肯空向"句：自喻不会杞人忧天，无所作为。

笑他每似堂间处燕①,有谁曾屋上瞻乌②! 不提防柙虎樊熊③,任纵横社鼠城狐④。几回家听鸡鸣起身独夜舞⑤。想古来多少乘除⑥,显得个勋名垂宇宙,不争便姓字老樵渔⑦!

且到长安市上,买醉一回。(行科)

【逍遥乐】向天街徐步⑧,暂遣牢骚,聊宽逆旅⑨。俺则见来往纷如⑩,闹昏昏似醉汉难扶,那里有独醒行

① 堂间处燕:比喻不知所处的危险境地。典出《孔丛子·论势》:燕子在屋上做窝,老幼相哺,灶上烟囱冒出火焰快要烧着房子了,它们却以为很快活很安全,不知道大祸将临。 ② 屋上瞻乌:化用《诗经·小雅·正月》“瞻乌爰止,于谁之屋”意。意思是看看象征灾难的乌鸦飞来飞去,不知它将停在谁家的屋上。比喻为国家前途担忧。 ③ 柙(xiá 霞)虎樊熊:喻安禄山。柙和樊都是关鸟兽的笼子,虎和熊均指安禄山。 ④ 社鼠城狐:喻奸佞小人。此影射仗势横行的奸臣杨国忠等。社和城均喻朝廷。 ⑤ “鸡鸣”句:用东晋祖逖、刘琨闻鸡起舞的故事表达自己的救国大志。据《晋书·祖逖传》载,东晋将领祖逖年轻时和刘琨很友好,二人同床共被。祖逖夜里听到鸡叫,就喊刘琨起床,一齐练习武艺。 ⑥ 乘除:指消长、兴衰、成败。 ⑦ “不争便”句:怎甘心在打柴捕鱼的人群中埋没名声虚度一生呢? 不争便,怎甘心。姓字,姓名。 ⑧ 天街:京城的大街。 ⑨ 逆旅:即旅馆。 ⑩ 纷如:杂乱的样子。

吟楚大夫①！俺郭子仪呵，待觅个同心伴侣，怅钓鱼
人去②，射虎人遥③，屠狗人无④。

（下）（丑扮酒保上）"我家酒铺十分高，罚誓无赊挂酒
标⑤。只要有钱凭你饮，无钱滴水也难消。"小子是这长
安市上，新丰馆大酒楼，一个小二哥的便是。俺这酒楼，
在东、西两市中间，往来十分热闹。凡是京城内外，王孙
公子，官员市户，军民百姓，没一个不到俺楼上来吃三
杯。也有吃寡酒的，吃案酒的⑥，买酒去的，包酒来的，打
发个不了。道犹未了⑦，又一个吃酒的来也。（外行上）

【上京马】遥望见绿杨斜靠画楼隅⑧，滴溜溜一片青

①"独醒"句：自比忧国忧民、分外清醒的屈原。楚大夫，
即屈原，战国时楚国著名的政治家和爱国诗人。　②钓鱼人：
指姜太公吕尚，西周的开国功臣。他曾隐居垂钓于渭滨磻
溪，周文王打猎时和他相遇。后来，吕尚助武王伐纣灭殷，建
立了周朝。事见《史记·齐太公世家》。后多以其事喻贤才
隐居待用。　③射虎人：指李广，西汉名将。他在蓝田南山行
猎，把草中石头当成老虎来射，竟然将箭射进石中。又多次
射杀猛虎。事见《史记·李将军列传》。后多用李广射虎形
容勇猛、功深。　④屠狗人：指樊哙，汉初功臣。原以屠狗为
业，后来随汉高祖刘邦起兵，灭秦国，统一天下，以战功升官
封侯。事见《史记·樊郦滕灌列传》。　⑤罚誓：发誓。无赊：
不赊欠。酒标：酒铺的招牌。　⑥案酒：下酒物，果品菜肴等。
⑦道犹未了：话还没说完。　⑧画楼：有彩绘的楼房。

帘风外舞①，怎得个燕市酒人来共沽②！

(唤科)酒家有么？(丑迎科)客官，请楼上坐。(外作上楼科)是好一座酒楼也。敞轩窗，日朗风疏。见四周遭粉壁上，都画着醉仙图。(丑)客官自饮，还是待客？(外)独饮三杯，有好酒呵取来。(丑)有好酒。(取酒上科)酒在此。(内叫科)小二哥，这里来。(丑应忙下)(外饮酒科)

【梧叶儿】俺非是爱酒的闲陶令③，也不学使酒的莽灌夫④，一谜价痛饮兴豪粗⑤。撑着这醒眼儿谁偢保⑥？问醉乡深可容得吾？听街市恁喳呼⑦，偏冷落高阳酒徒⑧。

(作起看科)(老旦扮内监，副净、末、净扮官，各吉服，杂捧金币，牵羊担酒随行上，绕场下)(丑捧酒上)客官，热酒在此。(外)酒保，我问你咱⑨，这楼前那些官员，是往

① 青帘：酒旗。 ② 燕市酒人：指荆轲，战国末年刺客，卫国人，游燕都，嗜酒。燕市，当时燕国的都城。 ③ 闲陶令：指悠闲自得的隐者陶渊明，他曾任彭泽县令，是东晋著名的山水派大诗人。 ④ 莽灌夫：鲁莽的灌夫。西汉人，性情刚直，因酒后骂丞相田蚡而被杀。使酒：发酒疯。 ⑤ 一谜价：一味地。 ⑥ 偢保（chǒu cǎi 丑采）：同"瞅睬"，理睬。 ⑦ 喳呼：喧嚷。 ⑧ 高阳酒徒：汉朝谋士郦食其，高阳人，爱喝酒，自称高阳酒徒。 ⑨ 咱：语词。与下面"告诉你波"的"波"一样，都相当于"啊"或"吧"。

何处去来？（丑）客官，你一面吃酒，我一面告诉你波。只为国舅杨丞相，并韩国、虢国、秦国三位夫人①，万岁爷各赐造新第。在这宣阳里中②，四家府门相连，俱照大内一般造法③。这一家造来，要胜似那一家的；那一家造来，又要赛过这一家的。若见那家造得华丽，这家便拆毁了，重新再造。定要与那家一样，方才住手。一座厅堂，足费上千万贯钱钞。今日完工，因此合朝大小官员，都备了羊酒礼物，前往各家称贺。打从这里过去。（外惊科）哦，有这等事！（丑）待我再去看热酒来波。（下）（外叹科）呀，外戚宠盛④，到这个地位⑤，如何是了也！

【醋葫芦】怪私家恁僭窃⑥，竞豪奢，夸土木⑦。一班儿公卿甘作折腰趋⑧，多向权门如市附⑨。再没有一个人呵，把舆情向九重分诉⑩。可知他朱甍碧瓦⑪，总是血膏涂！

---

①"并韩国"句：指杨玉环的三姐妹。杨玉环被封为贵妃后，她的姐妹分别被封为韩国夫人、虢国夫人和秦国夫人。② 宣阳里：长安的街名。 ③ 大内：皇宫。 ④ 外戚：帝王的母亲和后妃方面的亲戚。 ⑤ 地位：地步。 ⑥"怪私家"句：私家，臣子，指杨国忠等。恁（rèn 认），这样，如此。僭（jiàn见）窃，超越本分。 ⑦ 土木：指房屋建筑、道路铺设等工程。⑧ 折腰：指公卿向权臣卑躬屈膝。 ⑨ 权门：指杨国忠兄妹。市附：赶集。 ⑩ 舆情：百姓的意愿。九重：天子。 ⑪ 朱甍（méng 萌）：红屋。甍，屋脊。

（起科）心中一时愤懑，不觉酒涌上来，且向四壁闲看一回。（作看科）这壁厢细字数行，有人题的诗句。我试觑波。

（作看念科）"燕市人皆去，函关马不归。若逢山下鬼，环上系罗衣①。"呀，这诗是好奇怪也！

【幺篇】我这里停睛一直看，从头儿逐句读。细端详诗意少祯符②。且看是什么人题的？（又看念科）李遐周题③。（作想科）李遐周，这名字好生识熟！哦，是了，我闻得有个术士李遐周，能知过去、未来，必定就是他了。多则是就里难言藏谶语④，猜诗谜杜家何处⑤？早难道醉来墙上，信笔乱鸦涂⑥！

（内作喧闹科）（外唤科）酒保那里？（丑上）客官，做甚么？（外）楼下为何又这般喧闹？（丑）客官，你靠着这窗儿，往下看去就是。（外看科）（净王服、骑马，头踏职事

①"燕市"四句是谶语，郭子仪在第三十五出《收京》中有解释："燕市人皆去"指安禄山统领燕、蓟的兵马入犯两京。"函关马不归"指唐王朝哥舒翰兵败潼关。"若逢山下鬼"即"嵬"字，暗指马嵬驿。"环上系罗衣"，"环"字指杨玉环，暗喻杨玉环被赐吊死。　②祯符：吉祥的征兆。　③李遐周：据传是唐玄宗时期的术士。　④就里：内部。　⑤杜家：杜大伯，据说能猜诗谜。　⑥鸦涂：写的字歪歪扭扭像画的乌鸦一样。

前导引上①,绕场行下科)(外)那是何人?(丑笑指科)客官,你不见他那个大肚皮么? 这人姓安名禄山。万岁爷十分宠爱他,把御座的金鸡步障②,都赐与他坐过,今日又封他做东平郡王。方才谢恩出朝,赐归东华门外新第③,打从这里经过。(外惊怒科)呀,这、这就是安禄山么? 有何功劳,遽封王爵? 唉,我看这厮面有反相,乱天下者,必此人也!

【金菊香】见了这野心杂种牧羊的奴④,料蜂目豺声定是狡徒⑤。怎把个野狼引来屋里居? 怕不将题壁诗符? 更和那私门贵戚、一例逞妖狐⑥。

(丑)客官,为甚事这般着恼来?(外)

【柳叶儿】哎,不由人冷飕飕冲冠发竖,热烘烘气夯胸脯⑦,咭喳喳把腰间宝剑频频觑。(丑)客官,请息怒,再与我消一壶波。(外)呀,便教俺倾千盏,饮尽了百壶,怎把这重沉沉一个愁担儿消除!

(作起身科)不吃酒了,收了这酒钱去者。(丑作收

---

① 头踏:前列的仪仗队。 ② 金鸡步障:画有金鸡的坐椅。 ③ 第:官僚和贵族的大住宅。 ④ "见了"句:郭子仪骂安禄山的话。安禄山的父亲是胡人,母亲是突厥人,因此郭子仪骂他是杂种;又因安禄山年轻时曾因盗羊被逮捕,所以又骂他是牧羊的奴。 ⑤ 蜂目豺声:马蜂眼,豺狼声。 ⑥ 一例:一律。 ⑦ 夯(hāng):胀满。

科）"别人来三杯和万事，这客官一气惹千愁"。（下）（外作下楼、转行科）我且回到寓中去波。

【浪来里】见着那一桩桩伤心的时事迕①，凑着那一句句感时的诗谶伏，怕天心人意两难摸，好教俺费沉吟，趷蹬地将眉对蹙②。看满地斜阳欲暮，到萧条客馆，兀自意踌蹰。

（作到寓进坐科）（副净扮家将上）（见科）禀爷，朝报到来。（外看科）"兵部一本③：为除授官员事。奉圣旨，郭子仪授为天德军使。钦此④。"原来旨意已下，索早收拾行李，即日上任去者。（副净应科）（外）俺郭子仪虽则官卑职小，便可从此报效朝廷也呵！

【高过随调煞】赤紧似尺水中展鬣鳞⑤，枳棘中拂毛羽⑥。且喜奋云霄有分上天衢⑦。直待的把乾坤重整顿，将百千秋第一等勋业图。纵有妖氛孽蛊⑧，少不得肩担日月⑨，手把大唐扶。

马蹄空踏几年尘，（胡　宿）

---

①迕（wù务）：不顺心。　②趷蹬：即"疙瘩"。　③本：封建时代臣子给皇帝的奏章。　④钦此：钦命如此。　⑤鬣（liè列）：须。兽、鱼、鸟类头部的须，都可以叫"鬣"。这里指水族的须与鳍。　⑥枳（zhǐ指）棘：荆棘。毛羽：指鸟。　⑦天衢（qú渠）：天路。　⑧妖氛孽蛊：妖魔祸害。此指安禄山。　⑨肩担日月：比喻肩负国家重任。

长是豪家据要津，(司空图)

卑散自应霄汉隔①，(王　建)

不知忧国是何人？(吕　温)

【翻译】

(天气晴朗，长安新丰酒楼上)

(郭子仪头戴武士方巾，佩剑上)

郭子仪(念)：

"胸怀壮志有谁知，一剑防身且自随。整顿乾坤挽危亡，那时方表是男儿。"(白)：我姓郭名子仪，华州郑县人，学成用兵的谋略，满怀着政治才干。想要做一个顶天立地的男儿，干一番定国安邦的事业。今以武举出身，到京城等待选用。却正值杨国忠窃取军国大权，滥施淫威；安禄山骗得宠爱，肆无忌惮，把朝政弄得不成模样了。我郭子仪未得一官半职，不知要等到何时，才能为朝廷出力呵！

(唱)：

男儿胸怀壮志就要在世间实现，

怎能只是向苍天悲叹高呼？

笑有的人像危房中停留的燕子，

有谁忧虑国家的前途？

---

① 卑散：卑下闲散的官职。

不提防笼中跑出熊和虎，

任凭倚势横行的社鼠城狐。

多次我听到雄鸡高唱，

夜里起身独自把剑舞。

想古来多少成败兴亡事，

是英雄就该让功勋名声传宇宙。

怎甘心终老渔樵一辈子庸庸碌碌。

（白）：

暂且到长安街市上，买酒醉饮一回。（行走）

（唱）：

向京城大街漫步，

暂且排遣满腹的牢骚，

姑且宽慰旅途中的孤独。

我只见来往行人纷纷攘攘，

这世道闹昏昏像醉汉难扶！

哪里有独醒的行吟诗人楚大夫！

我郭子仪呵，

想找一个同心伴侣，

却不能称心如意：

隐居钓鱼的姜太公——早已离去

射虎将军李广——多么遥远，

杀狗的樊哙——踪迹已无。

（郭子仪下）（酒保上）

酒保（念）：

　　"我家酒铺十分高，罚誓无赊挂酒标。只要有钱凭
你饮，无钱滴水也难消。"（白）：小子是这长安市上新丰
馆大酒楼里的一个小二哥。俺这酒楼，在东西两市中
间，人来人往十分热闹。凡是京城内外王孙公子、官员
市民、军民百姓，没一个不到俺楼上来吃三杯。有的人
光吃酒不要菜，有的人又要酒又要菜，有的人买了酒就
走，有的人来包酒席，真是打发不完。话还没说完，又一
个吃酒的来了。

　　（郭子仪上）

郭子仪（唱）：

　　　遥望见绿杨树斜立在彩绘的楼旁，

　　　滴溜溜一面酒旗风中飞舞，

　　　怎能够得到个荆轲般人物同饮酒？

　　（叫）有酒家吗？

酒保（迎上）（白）：

　　　客官，请楼上坐。

郭子仪（上楼）（白）：

　　　是好一座酒楼呵！

　　　敞开窗，

　　　阳光明朗风儿吹拂，

见四周围粉墙上，

都画着醉仙图。

酒保（白）：

客人您是自饮？还是请客？

郭子仪（白）：

独饮三杯，拿好酒来。

酒保（白）：

有好酒。（取酒上来）酒在此。

（内叫）小二哥这里来。（酒保答应后忙下）（郭子仪

饮酒）

郭子仪（唱）：

我不是爱喝酒图悠闲的陶渊明，

也不学酒后使性的莽灌夫，

一味地狂饮不免豪放粗俗。

我睁着清醒的眼睛可又有谁来理睬？

问醉乡深深能容我否？

听街市上怎么这样闹闹嚷嚷喳喳呼呼，

却偏偏冷落我这有谋略的高阳酒徒。

（起身朝外看）（内监、官员各穿礼服，侍从捧金币，

牵羊担酒相随走上，绕场下）（酒保捧酒上）

酒保（白）：

客人，热好的酒在此。

郭子仪(白)：

　　酒保，我问你呀，这楼前的那些官员，都是去哪里呢？

酒保(白)：

　　客人，你一面吃酒，一面听我说。只因为国舅杨丞相和韩国、虢国、秦国三位夫人与杨贵妃是至亲的缘故，万岁爷分别赏赐他们建造新的府第。在这宣阳里街中，他们四家府门相连，都照皇宫的规格来建。这一家建来，要胜过那一家的；那一家建来，又要赛过这一家的。若见哪一家造得华丽，这一家便拆毁自己的，重新再建，一定要与那家一样，才肯住手。一座厅堂，足足要破费成千上万贯银钱。今日完工，因此满朝大小官员，都备办了羊酒礼物，前往各家祝贺，从这里过去。

郭子仪(很惊奇地)(白)：

　　哦，有这样的事！

酒保(白)：

　　等一会儿，我再去拿热酒来。(下场)

郭子仪(叹气)(白)：

　　呀，皇亲国戚受宠到了这个地步，怎么得了呵！

(唱)：

　　恨权臣如此非分胡为，

比豪奢大兴土木。

朝中一帮官员甘心趋炎附势，

投靠权门像赶集样依附。

再没有一个人呵，

把百姓苦衷向皇上呈诉。

可知那一座座碧瓦朱屋，

都是百姓的脂膏鲜血涂。

（起身）（白）：

心中一时愤懑，不觉酒涌上来，姑且向四面墙壁闲
看一回。（观看）这边墙上有几行小字，原来是有人题的
诗句，我来看看吧。（作看念的样子）"燕市人皆去，函关
马不归。若逢山下鬼，环上系罗衣。"呀，这诗写得好奇
怪呀！

（唱）：

我这里凝神细看，

从头儿一句句读。

细琢磨诗意，

不是吉祥的征兆。

（白）：

且看是什么人题的？（边看边念）李遐周题，李遐
周，这名字好熟悉呀！哦，对了，我听说有个术士叫李遐
周，能知过去未来，必定就是他了。

（唱）：

多半是难以明说的真意藏在谶语背后，

能猜诗谜的杜大伯今在何处？

难道是李遐周醉后在墙上信笔乱涂！

（内喧闹）

郭子仪（大声叫）：

酒保在哪里？

酒保（上）（白）：

客人要什么？

郭子仪（白）：

楼下为什么又这般喧闹？

酒保（白）：

客人，你靠着这窗儿，往下看就知道了。

（郭子仪往下看）（安禄山穿着王侯的服装，骑马，仪
仗队手持仪仗在前面开路，绕场走下）

郭子仪（白）：

那是什么人？

酒保（边说边指）：

客人，你不见那个大肚皮的人吗？这人姓安名禄
山。万岁爷十分宠爱他，把龙椅旁边的绘有金鸡的座椅
都赐予他坐过，今日又封他做东平郡王。安禄山刚才谢
恩出朝，皇上赏赐他住东华门外新建的府第。又从这里

经过。

郭子仪（又惊又怒）（白）：

    呀，这，这就是安禄山吗？有什么功劳，急忙封他为王爵，唉！我看这家伙面有反相，乱天下的，必定是这个人了。

（唱）：

    见了安禄山这野心杂种牧羊奴，

    料定他马蜂眼豺狼声定是狡猾之徒。

    皇上啊，

    怎把这野狼引来屋里住？

    只怕后果与题壁诗预言相符。

    还有那皇亲贵戚，

    一律是逞威风的妖狐。

酒保（白）：

    客人，为什么事这般恼怒呢？

郭子仪（唱）：

    哎，不由人冷飕飕怒发冲冠，

    热烘烘气堵胸脯，

    把腰间叮当作响的宝剑仔细看，

    激愤之情仍然按捺不住。

酒保（白）：

    客人，请息怒，再喝一壶酒吧。

郭子仪(唱):

　　呀,便教我饮尽千盏百壶酒,

　　怎把这重沉沉一个愁担儿消除。

(起身)(白):

　　不吃酒了,收了这酒钱去吧。

酒保(收钱)(念)

　　别人来"三杯和万事",这客官"一气惹千愁"。(下)

郭子仪(下楼、转行)(白):

　　我还是到旅馆去吧。

(唱):

　　见着那一桩桩伤心的时事不遂意,

　　碰着那一句句感时的诗句凶兆伏,

　　怕天意人心两难捉摸,

　　好教我费尽思索,

　　把双眉紧紧锁住。

　　看满地夕阳余晖天色将暮,

　　回到了冷落的客馆,

　　依旧是心潮起伏。

　　(到旅馆坐下)(家将上)

家将(白):

　　禀告爷,朝廷的委任状到来。

郭子仪（边看边念）：

"兵部一本，为任命官员事。奉圣旨，授郭子仪为天德军使。钦此。"原来旨意已下，须早点收拾行李，即日上任去吧。

（家将应）

郭子仪（白）：

俺郭子仪虽然官职不大，却可以从此报效朝廷了！

（唱）：

实实在在像鱼儿游荡浅水，

似荆棘丛中鸟儿展翅飞扑。

且喜有一日奋飞入云霄，

有福分登上通天路，

等待把国家重整顿，

建千百年第一等功业展宏图。

纵然有妖魔兴风浪，

我也少不了肩负国家重任，

一双手把大唐帝国扶。

马蹄空踏几年尘，

长是豪家据要津，

卑散自应霄汉隔，

不知忧国是何人？

偷　曲①

　　本出为原作第十四出,写以铁笛闻名的李
谟,在月朗风清之夜到宫墙外偷听《霓裳羽衣》
舞曲的情景。作品反映了宫廷的豪华富丽,以
及轻歌曼舞的生活,表现了李谟风流洒脱的气
质,也间接衬托出杨贵妃谱得天上仙乐的非凡
才华。本出颇富诗情画意。曲词绮丽,有韵味,
多处受白居易《霓裳羽衣舞歌》影响。作者把明
月、清风与宫苑中仙楼、文窗、画帘,编织成一幅
美丽的图画,让美女在其中翩翩起舞,使丝竹纵

---

　　① 偷曲:《全唐诗》卷十五元稹二十四《连昌宫词》注,记
有李谟在宫墙旁偷听乐曲事,但未注明为《霓裳曲》。

横,琤瑽齐应。剧中才人李谟沉醉在这种意境中,先是侧耳倾听,后又情不自禁地吹起铁笛,倚声和曲。这种有景、有情、有声、有色的场面能给读者以身临其境的感觉和美的享受。

【仙吕过曲·八声甘州】(老旦、贴携谱上)(老旦)霓裳谱定①,(贴合)向绮窗深处②,秘本翻誊③。香喉玉口,亲将绝调教成。

(老旦)奴家永新④,(贴)奴家念奴。(老旦)自从娘娘制就《霓裳》新谱,我二人亲蒙教授。今驾幸华清宫⑤,即日要奏此曲。命我二人,在朝元阁上⑥,传谱与李龟年⑦,连夜教演梨园子弟⑧。(贴)散序俱已传习⑨,今日该传拍序了⑩。(老旦)你看月明如水,正好演奏。我和

---

① 霓裳:即著名舞曲《霓裳羽衣曲》,是李隆基根据杨敬述所献的曲子润色而成(详见任半塘《唐戏弄》上册)。《长生殿》改为杨玉环谱曲。　② 绮窗:雕刻精美的窗子。　③ 秘本:指未公开的《霓裳羽衣曲》。翻誊:重新抄写。　④ 奴家:旧时女子自称。　⑤ 驾:皇帝的车,代指皇帝。　⑥ 朝元阁:一名降圣阁,在骊山华清宫。　⑦ 李龟年:唐代宫廷乐师,玄宗时为梨园领班,安史乱后,流落江南。　⑧ 梨园子弟:唐玄宗时梨园的歌舞艺人。梨园,当时教练宫廷歌舞艺人的地方。　⑨ 散序:散板序曲,无拍。　⑩ 拍序:《霓裳羽衣曲》中有节拍的一个部分。

你携了曲谱，先到阁中便了。（行介）

（合）凉蟾正当高阁升①，帘卷薰风映水晶②。高清，恰称广寒宫仙乐声声③。（下）

【道宫近词·鱼儿赚】（末苍髯，扮李龟年上）乐部旧闻名④，班首新推独老成⑤。早暮趋承⑥，上直更番入内廷⑦。自家李龟年是也，向作伶官⑧，蒙万岁爷点为梨园班首⑨。今有贵妃娘娘《霓裳》新曲，奉旨令永新、念奴传谱出来，在朝元阁上教演，立等供奉。只得连夜趱习⑩，不免唤齐众兄弟每同去⑪。兄弟每哪里？（副净扮马仙期上⑫）仙期方响鬼神惊⑬，（外扮雷海青上⑭），铁拨争推雷海青⑮。（净白须扮贺怀智上⑯）贺老琵琶擅场屋⑰，（丑扮黄幡绰

---

① 凉蟾：清凉的月亮。蟾，蟾蜍，俗名蛤蟆。传说月中有蟾蜍，因此也以蟾代月亮。　② 薰风：和暖的风，东南风。水晶：指水晶装饰的帘子。　③ 广寒宫：即月宫。　④ 乐部：梨园中的一部分，主管奏乐。　⑤ 班首：梨园首领。　⑥ 趋承：侍奉。　⑦ 上直：值班。更番：轮流。　⑧ 伶官：乐官。　⑨ 万岁爷：封建时代臣民对皇帝的尊称。　⑩ 趱（zǎn 攒）习：赶着练习。　⑪ 每：同"们"。　⑫ 马仙期：唐代乐师，精通方响。　⑬ 方响：古代打击乐器。　⑭ 雷海青：唐代宫廷乐师，精通琵琶。　⑮ 铁拨：代指琵琶。　⑯ 贺怀智：唐代乐师，善弹琵琶。　⑰ 场屋：剧场。

上①)黄家幡绰板尤精②。(同见末介)李师父拜揖③,(末)请了④。列位呵,君王命,霓裳催演不教停。那永新、念奴呵,两娉婷⑤,把红牙小谱携端正⑥,早向朝元待月明⑦。(众)如此,我每就去便了。(末)请同行(同行介)。趁迟迟宫漏夜凉生⑧,把新腔敲订,新腔敲订。(同下)

【仙吕过曲·解三酲犯】(小生巾服扮李谟上⑨)【解三酲】逞风魔少年逸兴,借曲中妙理陶情。传闻今夜蓬莱境⑩,翻妙谱,奏新声。小生李谟是也,本贯江南,遨游京国。自小谙通音律,久以铁笛擅名。近闻宫中新制一曲,名曰《霓裳羽衣》。乐工李龟年等,每夜在朝元阁中演习。小生慕此新声,无从得其秘谱。打听到那阁子,恰好临着宫墙,声闻于外。不免袖了铁笛,来到骊山,趁此月明如昼,窃听一回。一路行来,果然好景致也。(行介)林收暮霭天气清⑪,山入寒空月彩横。真佳景,【八声甘州】宛身

---

① 黄幡绰:唐代乐师,善拍板。 ② 板:拍板。 ③ 拜揖:拜礼及揖礼。 ④ 请了:敬辞。表示回礼。 ⑤ 娉(pīng 乒)婷:貌美的样子。 ⑥ 红牙:红牙拍板。 ⑦ 朝元:即朝元阁。 ⑧ 迟迟:时间漫长。宫漏:宫中计算时间用的铜漏壶。 ⑨ 巾服:常服。李谟:唐代著名笛师。 ⑩ 蓬莱境:指朝元阁如蓬莱仙境。 ⑪ 暮霭:傍晚的雾气。

从画里游行。

（场上设红帷作墙，墙内搭一阁介）（小生）说话之间，早来到宫墙下了。

【道宫调近词·应时明近】只见五云中①，宫阙影，窈窕玲珑映月明。光辉看不定，光辉看不定。想潜通御气②，处处仙楼，阑干畔有玉人闲凭③。

闻那朝元阁，在禁苑西首，我且绕着红墙，迤逦行去。（行介）

【前腔】花阴下，御路平，紧傍红墙款款行④。（望介）只这垂杨影里，一座高楼露出墙头，想就是了。凝眸重细省⑤，凝眸重细省，只见画帘缥缈，文窗掩映⑥。兀的不是上有红灯⑦！

（老旦、贴在墙内上阁介）（末众在内云）今日该演拍序，大家先将散序，从头演习一番。（小生）你看上面灯光隐隐，似有人声，一定是这里了。我且潜听一回。（作潜立听介）

【双赤子】悄悄冥冥⑧，墙阴窃听⑨。（内作乐介）（小

---

① 五云：五彩云。 ② 潜通：暗通。御气：天子之气。此指宫中气象。 ③ 玉人：美人。 ④ 红墙：指宫墙。款款：缓缓。 ⑤ 凝眸（móu谋）：目不转睛。眸，泛指眼睛。省：察看。 ⑥ 文窗：雕有图案花纹的窗子。 ⑦ 兀的：怎的不。 ⑧ 悄悄：悄悄地。冥冥：偷偷地。 ⑨ 墙阴：宫墙的暗影处。

生作袖出笛介)不免取出笛来,倚声和之①。就将音节,细细记明便了。听到月高初更后②。果然弦索齐鸣③。恰喜禁垣④,夜深人静,琤瑽齐应⑤。这数声恍然心领,那数声恍然心领。

(内细十番⑥,小生吹笛和介)(乐止,老旦,贴在内阁上唱后曲,小生吹笛合介)(老旦,贴)

【画眉儿】骊珠散迸⑦,入拍初惊⑧,云翻袂影⑨,飘然回雪舞风轻。飘然回雪舞风轻,约略烟蛾态不胜⑩。(小生接唱)这数声恍然心领,那数声恍然心领。

(内细十番如前,老旦、贴内唱,小生笛合介)(老旦、贴)

① 倚声和之:依照听到的乐调吹起来。和,应和。 ② 初更:即一更。 ③ 弦索:乐器上的弦,此泛指弦乐器。 ④ 禁垣(yuán 园):宫垣。禁,皇帝居住的地方,不准一般人出入,称禁中。垣,墙。 ⑤ 琤瑽(chēng cōng 称匆)象声词,此指美妙的音乐声。 ⑥ 细十番:由笛、管、箫、弦、提琴、云锣、汤锣、木鱼、檀板、大鼓十种乐器组成。可以演奏多种乐曲。 ⑦ 骊珠散迸:形容乐声如珠落般清脆动听。 ⑧ 入拍:进入节拍,这里指开始演奏。 ⑨ 袂(mèi 妹):衣袖。 ⑩ 约略:隐约可见。烟蛾:淡淡的黑色眉毛。蛾,蛾眉。

【前腔】珠辉翠映，凤翥鸾停①。玉山蓬顶②，上元挥袂引双成③，上元挥袂引双成，萼绿回肩招许琼④。(小生接唱)这数声恍然心领，那数声恍然心领。

(内又如前十番：老旦、贴内唱，小生笛合介)(老旦、贴)

【前腔】音繁调骋⑤，丝竹纵横⑥。翔云忽定，慢收舞袖弄轻盈。慢收舞袖弄轻盈，飞上瑶天歌一声⑦。(小生接唱)这数声恍然心领，那数声恍然心领。

(内又十番一通，老旦，贴暗下)(小生)妙哉曲也。真个如敲秋竹，似戛春水⑧，分明一派仙音，信非人世所有。被我都从笛中偷得，好侥幸也!

【鹅鸭满渡船】霓裳天上声，墙外行人听。音节明，宫商正⑨，风内高低应。偷从笛里，写出无余剩。

---

① 翥(zhù住)：飞。鸾：凤凰的一种，一说凤凰的幼鸟。② 玉山：西王母住的仙山。蓬顶：蓬莱山顶。③ "上元"句：上元指上元夫人；双成即董双成。这两人都是仙女。④ "萼绿"句：萼绿即萼绿华；许琼即许飞琼。这两人也都是仙女。⑤ 骋：流畅。⑥ 丝竹：琴、瑟、箫、笛等乐器的总称。丝指弦乐器，竹指管乐器。⑦ 瑶天：青天。⑧ 戛(jiá颊)：轻轻地敲打。⑨ 宫商：代指音调。

呀！阁上寂然无声，想是不奏了。人散曲终红楼静①，半墙残月摇花影。

你看河斜月落②，斗转参横③，不免回去吧。（袖笛转行介）

【尾声】却回身，寻归径。只听得玉河流水韵幽清，犹似《霓裳》嫋嫋声④。

倚天楼殿月分明⑤，（杜　牧）

歌转高云夜更清。（赵　嘏）

偷得新翻数般曲⑥，（元　稹）

酒楼吹笛有新声。（张　祜）

【翻译】

（月朗风清之夜，骊山华清宫朝元阁内外）

（宫女永新、念奴携带曲谱上场）

永新（唱）：

《霓裳羽衣曲》已谱成，

念奴（合唱）：

---

① 红楼：指朝元阁。　② "月落"两句：形容夜深。　③ 斗转参（shēn 申）横：说明夜已深。北斗星转动，参星正横在空中。斗，北斗星；参，参星，二十八宿之一。　④ 嫋嫋（niǎo 鸟）：形容声音的柔长细美。　⑤ 倚天楼殿：即楼殿高耸，可以倚天。这里指朝元阁。　⑥ 新翻：新谱写的意思。

在雕刻华美窗子的深处，

把秘密的谱本抄好誊清。

杨娘娘她启开香喉玉口，

亲自将最美妙的曲调教授我等。

永新（白）：

我是永新。

念奴（白）：

我是念奴。

永新（白）：

自从杨娘娘制成《霓裳羽衣曲》新谱，我们亲自得到她的传授。而今皇帝来到华清宫，不几天就要演奏此曲。娘娘命我二人，在朝元阁上，将曲谱传授给李龟年，让他连夜教梨园子弟排练。

念奴（白）：

散序都已经教会了，今天该传授拍序部分了。

永新（白）：

你看月明如水，正好演奏。我和你带上曲谱，先到阁中去吧。（行走）

（二人合唱）：

清凉的月儿正对着高阁升起，

南风吹动帷帘，

月光映照着帘上的水晶。

《霓裳羽衣曲》多么高雅清幽，

正像那广寒月宫仙乐声声。（下）

（末扮李龟年，灰白色胡须，上场）

李龟年（唱）：

乐部中久有声名，

老来成功，

被新推为梨园首领。

早晚忙着侍奉皇上，

轮流当班进宫廷。

（白）：

本人是李龟年，一向担任乐官，承蒙万岁爷指名为

梨园首领。今有贵妃娘娘制成的《霓裳》新曲，奉旨令永

新、念奴传谱出来，在朝元阁上教练演奏，立刻等候供奉

皇上。只得连夜赶排。不得不叫齐众兄弟们同去。兄

弟们在哪里？

（马仙期上）

马仙期（念）：

我仙期击乐鬼神惊。

（雷海青上）

雷海青（念）：

弹琵琶首推雷海青。

（贺怀智上）

贺怀智（念）：

　　我贺老琵琶压全场。

　　（黄幡绰上）

黄幡绰（念）：

　　黄幡绰拍板精又精。

　　（同见李龟年）

众（白）：

　　李师傅拜揖。

李龟年（白）：

　　请了，各位呵。

（唱）：

　　君王的命令：

　　催练《霓裳》舞曲不教停。

（白）：

　　那永新、念奴呵，

（唱）：

　　两美女，

　　已把红牙拍板和那曲谱放端正，

　　早向朝元阁中等月明。

众（白）：

　　原来如此，我们这就去罢。

李龟年(唱)：

请同行。(众人同走)

趁着这凉夜(时间舒缓)宫漏水慢流，

把新腔推敲定，

把新腔推敲定。

(同下，李谟常服上)

李谟(唱)：

放任我少年风流洒脱豪兴，

借曲中妙理陶冶性情。

传闻今夜朝元阁那仙境，

演练妙谱，

弹奏新声。

(白)：

小生名李谟，老家江南，漫游京城。自小精通音律，久以吹奏铁笛闻名。近来，听说皇宫中谱成一套新曲，名叫《霓裳羽衣曲》。乐工李龟年等人，每夜在朝元阁中演练，小生爱慕这套新曲，却无法得到那未曾公开的曲谱。打听到那阁子恰好挨近宫墙，乐声能够传到墙外。只得把铁笛藏在袖中，来到骊山，趁现在月明如昼，偷听一回。一路走来，果然好景色！(边走边唱)

树林暮霭散尽天色明净，

骊山耸入寒空铺满月影。

真是佳景，

我仿佛在画里穿行。

（场上设红帐作墙，墙内搭一楼阁）

李谟(白)：

说话之间，已来到宫墙下了。

（唱）：

只见五彩云中，

浮现着宫殿影，

精巧美丽的楼阁与明月相映——

闪烁迷离看不清，

闪烁迷离看不清。

想来皇宫月夜美景到处呈现，

处处仙楼，

栏杆旁有美人斜靠的倩影。

多么富有逸致闲情。

（白）：

听说那朝元阁，在皇宫花园西面，我暂且绕着红墙，

逶迤而行。（边走边唱）

（唱）：

花荫下，

宫中道路平平整整，

我紧挨着红墙缓缓前行。

（抬头望）

（白）：

只见这垂杨影里，一座高楼露出墙头，想来就是那朝元阁了。

（唱）：

我全神贯注再细细察看，

全神贯注再细细察看。

只见画帘隐隐约约若有若无，

与雕花的窗子相互掩映。

瞧！那上面怎的不是有红灯么！

（永新、念奴在墙内登上阁楼）（李龟年等众人在后台白）今天该排练拍序了，大家先将散序从头演练一遍。

李谟（白）：

你看上面隐隐约约露出灯光，好像是有人说话，朝元阁一定是在这里了。我姑且偷听一回。（暗中站立听曲）

（唱）：

静静悄悄，我一声不吭，

站立在暗处把新曲偷听。

（内响乐）（李谟从袖中拿出铁笛）

（白）：

不如取出笛来。和着曲调吹奏，把它的音调节奏，仔细地记个明白罢。

（唱）：

听到月高初更后，

果然弦管齐鸣。

恰喜宫墙内，

夜深人静，

玉石相击般的乐声一同响应。

这数声让我忽然意会心领，

那数声让我忽然意会心领。

（内笛、管、箫、弦、提琴、云锣、汤锣、木鱼、檀板、大
鼓十种乐器同奏。李谟吹笛应合）（乐止、永新、念奴在
内阁上唱下面这支曲子，李谟吹笛应合）

永新、念奴（合唱）：

这悦耳的音乐如宝珠散落溅迸，

开始演奏就令人魄动心惊。

翻卷的舞袖犹如彩云飘飞，

回旋的舞姿像飘飞的白雪那样轻盈。

回旋的舞姿像飘飞的白雪那样轻盈，

淡妆美人体态婀娜掩不住万般柔情。

李谟（接唱）：

这数声让我忽然意会心领，

那数声让我忽然意会心领。

（内十种乐器同奏如前，永新、念奴内唱。李谟吹笛
应和）

永新、念奴（合唱）：

　　珠玉翡翠的光芒交相辉映，

　　翩翩起舞像凤飞鸾停。

　　仿佛在西王母仙山上，

　　又宛如置身于蓬莱山顶，

　　多像是上元夫人舞动长袖，

　　招引仙女董双成。

　　多像是上元夫人舞动长袖，

　　招引仙女董双成。

　　又多像萼绿华回转身姿，

　　招呼舞伴许飞琼。

李谟（接唱）：

　　这数声让我忽然意会心领，

　　那数声让我忽然意会心领。

（内又演奏一遍十种乐器，永新、念奴唱，李谟吹笛
应和）

永新、念奴（合唱）：

　　音声繁复，乐调流迸，

　　弦乐管乐，纵情奏鸣。

　　像飞动的彩云忽然停定，

舞女们,

慢收舞袖,

身姿摇动多么轻盈!

慢收舞袖,

身姿摇动多么轻盈!

仿佛能飞上青天吟唱一声。

李谟(接唱):

这数声让我忽然意会心领,

那数声让我忽然意会心领。

(内又是十种乐器同奏一通,永新、念奴暗下)

(白):

这乐曲多么美妙!真是如敲打秋日的翠竹,似拍击
春天的浮冰,分明是一派仙乐,实非人间所有。被我都
从笛中偷得,好幸运啊。

(唱):

《霓裳》舞曲天上声,

墙外行人侧耳听。

音节明亮,

曲调纯正,

随风俯仰高响低应。

偷得新曲入笛中

写出来不漏掉一个音声。

（白）：

呀，阁上寂静无声，想是不奏了。

（唱）：

人散曲终红楼里一片寂静，

残月照墙摇动着风中花影。

（白）：

你看银河倾斜月儿西落，北斗星转，参星横在半空，

夜已深，不得不回去了。（把铁笛放进袖中往回走）

转回身，

寻归路。

只听得，

宫中流水声韵幽清，

就像是《霓裳》曲袅袅余音。

（念）：

倚天楼殿月分明，

歌转高云夜更清。

偷得新翻数般曲，

酒楼吹笛有新声。

进　果

　　本出为原作第十五出。唐明皇为了让杨贵妃生日时吃上新鲜荔枝，一饱口福，竟让远在几千里之外的涪州、海南两道贡使昼夜奔驰、长途跋涉进贡新鲜荔枝。剧中着力描写老田夫的田禾被马踏烂，算命盲人被马踩死，驿马跑死，驿吏被迫出逃，驿子挨打等事实，就是当时那种残酷现实的反映。作品真实反映了李、杨爱情使黎民百姓付出的血的代价，深刻揭露了这对帝妃的欢乐建筑在平民百姓的痛苦之上，同时又写出了这种后果在帝妃这对特殊人物的爱情中的必然性。因此，本出加强了整部作品的思想性，也增加了整个作品主题的复杂性，成为全剧较为关键的关目。洪昇把本出安排在"轻歌曼舞"的《偷曲》之后,"逸态横生"的《舞盘》之前,对比强烈,震撼人心。本出曲词浅显易懂,但在宾白中杂入插科打诨,显然冲淡了严肃的悲剧气氛。

【过曲·柳穿鱼】(末扮使臣持竿,挑荔枝篮,作鞭马急上)一身万里跨征鞍①,为进离支受艰难②。上命遣差不由己,算来名利怎如闲!巴得个、到长安,只图贵妃看一看。

自家西州道使臣,为因贵妃杨娘娘,爱吃鲜荔枝,奉敕涪州③,年年进贡。天气又热,路途又远,只得不惮辛勤④,飞马前去。(作鞭马重唱"巴得个"三句跑下)

【撼动山】(副净扮使臣持荔枝篮,鞭马急上)海南荔枝味尤甘,杨娘娘偏喜啖⑤。采时连叶包⑥,缄封贮小竹篮。献来晓夜不停骖⑦,一路里怕耽,望一站也

① 征鞍:远行的鞍马。　② 离支:即荔枝。此处改"荔"为"离",以便协韵。　③ 涪(fú 扶)州:今重庆市涪陵区。　④ 惮(dàn 但):怕。　⑤ 啖(dàn 但):吃。　⑥ "采时"句:意为采摘荔枝时带叶包装,密封好放进小竹篮。这样既能保鲜,又不至于很快风干。　⑦ 骖(cān 参):辕马旁边的马。此处即指马。

么奔一站①！

自家海南道使臣。只为杨娘娘爱吃鲜荔枝，俺海南所产，胜似涪州，因此敕与涪州并进。但是俺海南的路儿更远，这荔枝过了七日，香味便减，只得飞驰赶去。（鞭马重唱"一路里"二句跑下）

【十棒鼓】（外扮老田夫上）田家耕种多辛苦，愁旱又愁雨。一年靠这几茎苗，收来半要偿官赋②。可怜能得几粒到肚！每日盼成熟，求天拜神助。

老汉是金城县东乡一个庄家③。一家八口，单靠着这几亩薄田过活。早间听说进荔枝的使臣，一路上捎着径道行走④，不知踏坏人家多少禾苗！因此，老汉特到田中看守。（望介）那边两个算命的来了。（小生扮算命瞎子手持竹板，净扮女瞎子弹弦子⑤，同行上）

【蛾郎儿】住褒城⑥，走咸京⑦，细看流年与五星⑧。生和死，断分明，一张铁口尽闻名⑨。瞎先生，真灵圣，叫一声赛神仙，来算命。

---

① 也么：语气词。 ② 官赋：官税。 ③ 金城：在今陕西省。 ④ 捎着：选择。 ⑤ 弦子：一种弦乐器。 ⑥ 褒城：在今陕西省。 ⑦ 咸京：咸阳和长安。 ⑧ 流年五星：均是算命的术语。流年，一年的运气。五星：即五行，金、木、水、火、土。⑨ 铁口：意思是这张嘴说话很准，算命灵验。

（净）老的①，我走了几程，今日脚疼，委实走不动。不是算命，倒在这里挣命了。（小生）妈妈②，那边有人说话，待我问他。（叫介）借问前面客官，这里是什么地方了！（外）这是金城东乡，与渭城西乡交界③。（小生斜揖介）多谢客官指引。（内铃响，外望介）呀，一队骑马的来了。（叫介）马上长官，往大路上走，不要踏了田苗！（小生一面对净语介）妈妈，且喜到京不远，我每叫向前去，雇个毛驴子与你骑。（重唱"瞎先生"三句走介）（末鞭马重唱前"巴得个"三句急上，冲倒小生、净下）（副净鞭马重唱前"一路里"二句急上，踏死小生下）（外跌脚向鬼门哭介④）天啊，你看一片田禾，都被那厮踏烂，眼见的没用了。休说一家性命难存，现今官粮紧急，将何办纳！好苦也！（净一面作爬介）哎呀，踏坏人了，老的啊，你在那里？（作摸着小生介）呀，这是老的。怎么不做声，敢是踏昏了？（又摸介）哎呀，头上湿渌渌的。（又摸闻手介）不好了，踏出脑浆来了！（哭叫介）我那天呵，地方救命⑤。（外转身作看介）原来一个算命先生，踏死在此。（净起斜福介⑥）只求地方，叫那跑马的人来偿命。（外）哎，那跑

① 老的：妻子对自己丈夫的称谓。　② 妈妈：丈夫对妻子的称呼。　③ 渭城：在今陕西省。　④ 鬼门：演员在戏台上的出入口。　⑤ 地方：地保，地方上的一种官职。　⑥ 福：古代妇女的一种礼节。

马的呵,乃是进贡鲜荔枝与杨娘娘的。一路上来,不知踏坏了多少人,不敢要他偿命。何况你这一个瞎子!(净)如此怎了!(哭介)我那老的呵,我原算你的命,是要倒路死的。只这个尸首,如今怎么断送!(外)也罢,你那里去叫地方,就是老汉同你抬去埋了罢。(净)如此多谢!我就跟着你做一家儿,可不是好!(同抬小生)(哭,诨下①)(丑扮驿卒上②)

【小引】驿官逃,驿官逃,马死单单剩马膫③。驿子有一人,钱粮没半分。拼受打和骂,将身去招架④,将身去招架!

自家渭城驿中,一个驿子便是。只为杨娘娘爱吃鲜荔枝,六月初一是娘娘的生日,涪州、海南两处进贡使臣,俱要赶到。路由本驿经过,怎奈驿中钱粮没有分文,瘦马刚存一匹。本官怕打,不知逃往哪里去了,区区就便权知此驿⑤。只是使臣到来,如何应付?且自由他!(末飞马上)

【急急令】黄尘影内日衔山,赶赶赶,近长安。(下马

进果

---

① 诨:打诨,调笑。这是传统戏曲中的一种陋习。破坏了悲剧气氛。译文中将删掉。　② 驿卒:驿站中当差的人。驿站是古代供办公人员中途更换马匹或休息、住宿的地方。③ 马膫(liáo 疗):公马的生殖器。　④ 招架:抵挡。　⑤ 区区:谦词,驿子自称。

介)驿子,快换马来。(丑接马,末放果篮,整衣介)

(副净飞马上)一身汗雨四肢瘫,趱趱趱①,换行鞍。

(下马介)驿子,快换马来。(丑接马,副净放果篮,与末见介)请了,长官也是送荔枝的?(末)正是。(副净)驿子,下程酒饭在哪里?(丑)不曾备得。(末)也罢,我每不吃饭了,快带马来。(丑)两位爷在上,本驿只剩有一匹马,但凭那位爷骑去就是。(副净)唗②,偌大一个渭城驿,怎么只有一匹马!快唤你那狗官来,问他驿马那里去了。(丑)若说起驿马,连年都被进献荔枝的爷每骑死了。驿官没法,如今走了。(副净)既是驿官走了,只问你要。(丑指介)这棚内不是一匹马么?(末)驿子,我先到,且与我先骑了去。(副净)我海南的来路更远,还让我先骑。

(末作向内介)【恁麻郎】我只先换马,不和你斗口。

(副净扯介)休恃强,惹着我动手。(末取荔枝在手介)你敢把我这荔枝乱丢!(副净取荔枝向末介)你敢把我这竹笼碎扭!(丑劝介)请罢休,免气吼,不如把这匹瘦马同骑一路走!

(副净放荔枝打丑介)唗,胡说!【前腔】我只打你这

---

① 趱(zǎn 攒):赶,快走。　② 唗(dōu 兜):怒斥声。

泼腌臢死囚①!(末放荔枝打丑介)我也打你这放刁顽贼头②!(副净)尅官马③,嘴儿太油④。(末)误上用⑤,胆儿似斗。(同打介)(合)鞭乱抽,拳痛殴,打得你难捱,那马自有!

【前腔】(丑叩头介)向地上连连叩头,望台下轻轻放手⑥。(末,副净)若要饶你,快换马来。(丑)马一匹驿中现有,(末,副净)再要一匹。(丑)第二匹实难补凑。(末,副净)没有只是打!(丑)且慢纽⑦,请听剖⑧,我只得脱下衣裳与你权当酒!

(脱衣介)(末)谁要你这衣裳!(副净作看衣,披在身上介)也罢,赶路要紧。我骑了那马,前站换去。(取果上马,重唱前"一路里"二句跑下)(末)快换马来我骑。(丑)马在此。(末取果上马,重唱前"巴得个"三句跑下)(丑吊场)⑨咳,杨娘娘,杨娘娘,只为这几个荔枝呵!

铁关金锁彻明开,(崔　液)

---

①腌臢(ā zā 阿匝):肮脏。死囚:骂人的话。　②刁顽贼头:刁钻无赖的贼头。　③尅:克扣。　④油:油滑,油腔滑调。　⑤误上用:意为耽误了皇上的享用。上,皇上。　⑥台下:长官,阁下。　⑦纽:同"扭"。　⑧剖(pōu):辨明,剖析,剖白。　⑨吊场:明清传奇里大多数人物下场,只留一人或一部分人在场上表演有相对独立性的片段,叫做吊场。

黄纸初飞敕字回①。(元 稹)

驿骑鞭声砉流电②,(李 郢)

无人知是荔枝来。(杜 牧)

【翻译】

(一个炎热的夏日,几亩贫瘠的土地上)

(涪州使臣用竹竿挑着装有荔枝的篮子,鞭马急上)

涪州使臣(唱):

独身一人万里跨征鞍,

为进贡荔枝备受艰难。

上司命令差遣不由自己,

想起来求名利怎比得自在清闲。

巴不得,到长安,

只图杨贵妃她看一看。

(白):

我是西州道使臣,因贵妃杨娘娘爱吃鲜荔枝,涪州
府奉皇帝命令,年年进贡。天气又热,路途又远,只得不
怕辛苦,飞马前去。(鞭马重唱"巴得个"三句跑下)

(海南使臣拿着荔枝篮,鞭马急上)

————————

① 黄纸:黄麻纸。唐代皇帝的诏令用黄麻纸写。敕(chì)
斥):皇帝的诏令。 ② 砉(huā花):形容动作迅速的声音。

海南使臣（唱）：

　　海南岛的荔枝尤其甘甜，

　　杨娘娘偏爱尝个新鲜。

　　采摘时带叶包装，

　　密封好藏进小竹篮。

　　献荔枝日夜快马加鞭，

　　一路上，只怕耽误时间，

　　望一站呀奔一站！

（白）：

　　我是海南道使臣。只因为杨娘娘爱吃鲜荔枝，俺海南出产的荔枝又胜过涪州，因此皇帝命令与涪州一并进贡。但是俺海南的路儿更远，这荔枝过了七日香味便减，只得飞驰赶去。（鞭马重唱"一路上"二句跑下）

　　（老农上）

老农（唱）：

　　田家耕种多辛苦，

　　愁旱又愁涝。

　　一年靠这几根苗，

　　收成一半要交官租，

　　可怜能得几粒到肚！

　　每天盼望庄稼成熟，

　　求天拜神助。

（白）：

老汉是金城县东乡一个农民。一家八口人，只靠着这几亩薄田过活。早听说进贡鲜荔枝的使臣，一路上挑近路行走，不知踏坏了人家多少禾苗！因此，老汉特到田中看守。（远望）那边两个算命的来了。

（一个算命的男瞎子手持竹板，一个女瞎子弹弦琴。两人一同走上）

盲夫、盲妇（唱）：

家住陕西褒城，

去往长安和咸阳。

细看卦书来算命，

生和死，

断分明，

一张铁口远近知名。

人都说，

瞎先生，

真灵圣，

叫一声赛神仙，来算命。

盲妇（白）：

老的，我走了几程路，今日脚疼，实在走不动。这样的辛苦，不是算命，倒在这里拼命了。

盲夫(白):

　　妈妈,那边有人说话,等我问他。(叫喊)请问前面那位客官,这里是什么地方了?

老农(白):

　　这是金城东乡,与渭城西乡交界。

盲夫(作揖)(白):

　　多谢客官指引。

　　(内铃响,老农望)

老农(白):

　　呀,一队骑马的来了。(大声叫)马上的长官,往大路上走,不要踩了地里的禾苗!

盲夫(对盲妇)(白):

　　妈妈,且喜离京城不远,我们边叫边向前去,雇个毛驴儿给你骑。(重唱"瞎先生"三句行走)

　　(涪州使臣重唱前"巴不得"三句急上,冲倒盲夫、盲妇下)

　　(海南使臣重唱前"一路上"二句急上,踏死盲夫下)

老农(跺脚面向出入口哭)(白):

　　天啊,你看一片禾苗,都被那些家伙踏烂,眼见没有收成了。休说一家性命难以存活,现今催交官粮十分紧急,叫我拿什么交纳! 好苦呀!

盲妇(一面爬起一面白):

哎呀，踏坏人了，老的啊，你在哪里？（摸到盲夫）呀，这是我那老的，怎么不吭声，大概是被踏昏了罢！（又摸）哎呀，他头上湿漉漉的。（又摸，闻手）不好了，踏出脑浆来了！（哭叫）我那天呵，当官的救命。

老农（转身看盲夫）（白）：

原来是一个算命先生，被踏死在此。

盲妇（施礼）（白）：

只求当官的，叫那跑马的人来偿命。

老农（白）：

哎，那跑马的呵，是给杨娘娘进贡鲜荔枝的。一路上来，不知踏死多少人，都不敢要他偿命，何况你这一个瞎子。

盲妇（白）：

真是这样，我可怎么办啊。（痛哭）我那老的呵，我原算过你的命，是要倒在路上死的。只是这个尸首，现在怎么处置呢？

老农（白）：

算了吧，你到哪里去叫当官的？还是让老汉我同你把他抬去埋了吧。

盲妇（白）：

能够这样，真是太感谢了。我就跟你结为夫妻，可不是好！

(同抬小生下)(驿卒上)

驿卒(唱):

　　驿官出逃,

　　驿官出逃,

　　驿马全死掉。

　　只剩驿子我一人,

　　钱粮没半分。

　　豁出去挨打受骂,

　　亲自去承应,

　　亲自去承应!

(白):

　　我是渭城驿站中一个当差的。只因为杨娘娘爱吃新鲜荔枝,六月初一又是她的生日,因此涪州、海南两处进贡使臣,都要赶到。使臣要路经本驿站,怎奈驿站中钱无分文,粮无一粒,瘦马只有一匹。驿站官儿怕挨打,不知逃往哪里去了,只留下小人权且在这驿站支应着。只是使臣到来,我怎么应付? 唉,管他呢! 听其自然吧!

(涪州使臣飞马上)

涪州使臣(唱):

　　黄沙腾起日落山,

　　赶赶赶,

　　近长安。

（下马）（白）：

　　驿子，快换马来。（驿卒接过马，涪州使臣放下果篮、整整衣服）（海南使臣飞马上）

海南使臣（唱）：

　　挥汗如雨四肢瘫软，

　　趱趱趱，

　　换马鞍。

（下马）（白）：

　　驿子，快换马来。（驿卒接过马，海南使臣放下果篮，与涪州使臣相见）请了，长官也是进贡荔枝的？

涪州使臣（白）：

　　正是。

海南使臣（白）：

　　驿子，送行酒饭在哪里？

驿卒（白）：

　　不曾准备。

涪州使臣（白）：

　　算了，我们不吃饭了，快牵马来。

驿卒（白）：

　　两位官爷在上，本驿站只剩有一匹马，任凭哪位官爷骑去就是。

海南使臣(白)：

　　唗,偌大一个渭城驿站,怎么只有一匹马! 快叫你那狗官来,问他驿马哪里去了?

驿卒(白)：

　　若说起驿马,连年都被进荔枝的官爷们骑死了,驿官没办法,如今已经逃走了。

海南使臣(白)：

　　既然驿官逃走了,我只问你要。

驿卒(白)：

　　这棚内不是有一匹马么?

涪州使臣(白)：

　　驿子,我先到,且给我先骑了去。

海南使臣(白)：

　　我从海南来,路更远,还是让我先骑。

涪州使臣(向内走)(唱)：

　　我只管先换马,

　　不和你斗口。

海南使臣(扯住涪州使臣)(唱)：

　　不要倚势逞强,

　　惹着我动手。

涪州使臣(取荔枝在手)(唱)：

　　你敢把我这荔枝乱丢!

海南使臣(取荔枝对着涪州使臣)(唱):

　　你敢把我这竹篮撕扭!

驿卒(劝说)(唱):

　　请你俩放手,

　　不要把气怄,

　　不如同骑着这匹瘦马一路走!

　　(海南使臣放下荔枝打驿卒)

海南使臣(白):

　　唗,胡说!

海南使臣(唱):

　　我只打你这混账死囚!

涪州使臣(也放下荔枝打驿卒)(唱):

　　我也打你这放刁贼头!

海南使臣(唱):

　　你克扣官马,

　　嘴儿太油滑。

涪州使臣(唱):

　　耽误了皇上享用,

　　你胆儿大如斗。

二使臣(同打驿卒)(合唱):

　　鞭乱抽,

　　拳痛揍,

打得你难忍受，

那换乘的马匹自然有。

驿卒(叩头)(唱)：

向地上连连叩头，

望官长高抬贵手。

二使臣(合白)：

若要饶你，快换马来。

驿卒(唱)：

马儿一匹驿中现有。

二使臣(合白)：

再要一匹马。

驿卒(唱)：

第二匹马实难补凑。

二使臣(合白)：

没有只是打！

驿卒(唱)：

且慢下手，

请听我说，

我只得脱下衣裳给你，

权且当酒。

（脱衣）

涪州使臣（白）：

　　谁要你这衣裳！

海南使臣：

　　（看衣后披身上）也罢，赶路要紧。我还是骑上原马，到前站再换。（取果上马，重唱前"一路上"二句跑下）

涪州使臣（白）：

　　快换马来让我骑。

驿卒（白）：

　　马在此。（涪州使臣取果上马，重唱前"巴不得"三句跑下）

　　（驿卒吊场）咳，杨娘娘，杨娘娘，只为这几个荔枝呵！

（念）：

　　　铁关金锁彻明开，

　　　黄纸初飞敕字回。

　　　驿骑鞭声眚流电，

　　　无人知是荔枝来。

絮　阁

　　本出为原作第十九出。唐明皇在翠华西阁
暗招梅妃，重续旧情。杨贵妃知道后，妒火中
烧，赶到阁中奚落明皇的用情不专。作品既表
现了唐明皇的风流轻浮，也显示了他对杨妃的
温存、娇惯、宠爱；既反映了杨贵妃娇妒、任性的
一面，也表现了她要求爱情真挚、专一的一面。
封建社会中皇帝好色纵欲，后妃争风吃醋是司
空见惯的。而杨贵妃想把爱情的排他性施之于
享有"后宫粉黛三千人"的皇帝身上，表现了对
美好的专一爱情的向往，是值得同情的。就连
唐明皇也感叹杨妃"情深妒亦真"，对她更加
爱怜。

本出是李、杨爱情发展过程中的第二次波折,在艺术上起到了欲扬先抑的作用。尤其是不让梅妃出场的处理方法,在情节结构上突出了李、扬主线,减少了枝蔓。而[北水仙子]一曲曲词流畅,颇合杨妃当时娇嗔的口吻。

(丑上)"自闭昭阳春复秋①,罗衣湿尽泪还流。一种蛾眉明月夜②,南宫歌舞北宫愁。"咱家高力士,向年奉使闽粤,选得江妃进御,万岁爷十分宠幸。为她性爱梅花,赐号梅妃,宫中都称为梅娘娘。自从杨娘娘入侍之后,宠爱日夺,万岁爷竟将她迁置上阳宫东楼。昨夜忽然托疾,宿于翠华西阁,遣小黄门密召到来③。戒饬宫人④,不得传与杨娘娘知道。命咱在阁前看守,不许闲人擅进。此时天色黎明,恐要送梅娘娘回去,只索在此伺候咱。(虚下)

【北黄钟·醉花阴】(旦行上)一夜无眠乱愁搅,未拔白潜踪来到⑤,往常见红日影弄花梢,软哈哈春睡难

---

① 昭阳:昭阳殿,汉成帝皇后赵飞燕的住处,泛指后妃住地。 ② 蛾眉:美女的眉毛,在此形容弯月。 ③ 小黄门:小太监。 ④ 戒饬:告戒命令,严令。 ⑤ 拔白:天色发白,天亮。

消①,犹自压绣衾倒②。今日呵,可甚的凤枕急忙抛③,单则为那筹儿撇不掉④。

（丑一面暗上望科）呀,远远来的正是杨娘娘。莫非是走漏了消息么？现今梅娘娘还在阁中,如何是好,（旦到科）（丑忙见科）奴婢高力士,叩见娘娘。（旦）万岁爷在那里？（丑）在阁中。（旦）还有何人在内？（丑）没有。（旦冷笑科）你开了阁门,待我进去看者。（丑慌科）娘娘且请暂坐。（旦坐科）（丑）奴婢启上娘娘,万岁爷昨日呵,

【南画眉序】只为政勤劳,偶尔违和厌烦扰⑤。（旦）既是圣体违和,怎生在此驻宿？（丑）爱清幽西阁,暂息昏朝⑥。（旦）在里面做甚么？（丑）偃龙床⑦,静养神疲。（旦）你在此何事？（丑）守玉户不容人到⑧。（旦怒科）高力士,你待不容我进去么？（丑慌叩头科）娘娘息怒,只因亲奉君王命,量奴婢敢行违拗！

【北喜迁莺】（旦怒科）唗,休得把虚脾来掉⑨,嘴喳喳

---

① 软咍（hāi）咍：软绵绵。　② 压：盖。衾（qīn侵）：被子。倒：卧。　③ 凤枕：绣有凤凰图样的枕头。　④ 那筹儿：那一回事,指唐明皇重召梅妃。　⑤ 违和：身体不适。　⑥ 昏朝：一整夜。昏,黄昏。朝,早晨。　⑦ 龙床：皇帝的睡床。　⑧ 玉户：玉饰的门。　⑨ 虚脾：虚情假意。掉：摇动。引申为要弄人。

弄鬼妆幺①。(丑)奴婢怎敢？(旦)焦也波焦，急的咱满心越恼。我晓得你今日呵，别有个人儿挂眼梢，倚着他宠势高，明欺我失恩人时衰运倒。(起科)也罢，我只得自把门敲。

(丑)娘娘请坐，待奴婢叫开门来。(做高叫科)杨娘娘来了，开了阁门者。(旦坐科)(生披衣引内侍上，听科)

【南画眉序】何事语声高，蓦忽将人梦惊觉。(丑又叫科)杨娘娘在此，快些开门。(内侍)启万岁爷，杨娘娘到了。(生作呆科)呀！这春光漏泄，怎地开交②？(内侍)这门还是开也不开？(生)慢着。(背科)且教梅妃在夹幕中，暂躲片时罢。(急下)(内侍笑科)哎，万岁爷，万岁爷，笑黄金屋恁样藏娇③。怕葡萄架霎时推倒④。(生上作伏桌科)内侍，我着床傍枕伴推睡，你索把兽环开了⑤。

(内侍)领旨。(作开门科)(旦直入，见生科)妾闻陛下圣体违和，特来问安。(生)寡人偶然不快⑥，未及进宫。何劳妃子清晨到此。(旦)陛下致疾之由，妾倒猜着几分了。(生笑科)妃子猜着何事来？(旦)

---

① 妆幺：装模做样。 ② 开交：开脱交待，解决。 ③ "笑黄"句：用"金屋藏娇"的典故，影射李隆基藏起梅妃。 ④ "葡萄架"句：从元曲开始，用倒了葡萄架来指争风吃醋。 ⑤ 兽环：门环。在此指门。 ⑥ 寡人：古代君王自称。

【北出队子】多则是想思萦绕，为着个意中人把心病挑。(生笑科)寡人除了妃子，还有甚意中人？(旦)妾想陛下向来钟爱，无过梅精。何不宣召他来，以慰圣情牵挂。(生惊科)呀，此女久置楼东，岂有复召之理？(旦)只怕悄东君偷泄小梅梢①，单只待望着梅来把渴消②。(生)寡人那有此意。(旦)既不沙③，怎得那一斛珍珠去慰寂寥④！

(生)妃子休得多心。寡人昨夜呵，

【南滴溜子】偶只为微疴⑤，暂思静悄。恁兰心蕙性⑥，慢多度料⑦，把人无端奚落⑧。(作欠伸科)我神虚懒应酬，相逢话言少。请暂返香车，图个睡饱。(旦作看科)呀，这御榻底下，不是一双凤舄么⑨？

---

① 东君：司春之神，这里指唐明皇。　②"只待"句：这里用双关语，蕴含着对风流皇帝的讥讽。梅，指梅妃。　③ 既不沙：既不是。　④"怎得那"句：事见《长生殿·夜怨》出。李隆基在华萼楼上，私封一斛珍珠赐给梅妃。梅妃不收，回诗一首，有"长门自是无梳洗，何必珍珠慰寂寥"之句，李隆基因此而重召梅妃。杨玉环在此揭出这件事，不无讽刺之意。一斛，相当于十斗，南宋末年改一斛为五斗。斛，古量器名。　⑤ 微疴(kē 颗)：小病。　⑥ 兰心蕙性：指女性的聪慧。兰、蕙都是散发着芬芳气味的花草，常用来形容美女的外美内秀。　⑦ 慢：漫，随意。　⑧ 无端：无缘无故。　⑨ 凤舄(xì 细)：凤鞋，绣有凤凰的女鞋。

(生急起,作欲掩科)在那里?(怀中掉出翠钿科)(旦拾看科)呀,又是一朵翠钿!此皆妇人之物,陛下既然独寝,怎得有此?(生作羞科)好奇怪!这是那里来的?连寡人也不解。(旦)陛下怎么不解?(丑作急态,一面背对内侍低科)呀,不好了,见了这翠钿、凤舄,杨娘娘必不干休。你每快送梅娘娘,悄从阁后破壁而出①,回到楼东去罢。(内侍)晓得。(从生背后虚下)(旦)

【北刮地风】子这御榻森严宫禁遥②,早难道有神女飞度中宵。则问这两般信物何人掉③?(作将舄、钿掷地,丑暗拾科)(旦)昨夜谁侍陛下寝来?可怎生般凤友鸾交④,到日三竿犹不临朝⑤?外人不知呵,都只说殢君王是我这庸姿劣貌⑥。那知道恋欢娱,别有个雨窟云巢⑦!请陛下早出视朝,妾在此候驾回宫者。(生)寡人今日有疾,不能视朝。(旦)虽则是蝶梦余,鸳浪中,春情颠倒,困迷离精神难打熬,怎

---

① 破壁而出:破窗而出。 ② 御榻:皇帝安寝的床榻。
③ 信物:作为凭证的物件。指前言凤鞋、翠钿。 ④ 凤友鸾交:指男女欢会。 ⑤ 日三竿:即日上三竿,指太阳上升高达三竿。 ⑥ 殢(tì 替):纠缠不清,滞留。 ⑦ 雨窟云巢:形容夫妻欢会的地方。

负他凤墀前鹄立群僚①！

（旦作向前背立科）（丑悄上与生耳语科）梅娘娘已去了，万岁爷请出朝罢。（生点头科）妃子劝寡人视朝，只索勉强出去。高力士，你在此送娘娘者。（丑）领旨。（向内科）摆驾。（内应科）（生）"风流惹下风流苦，不是风流总不知。"（下）（旦坐科）高力士，你瞒着我做得好事！只问你这翠钿、凤舄，是那一个的？（丑）

【南滴滴金】告娘娘省可闲烦恼②。奴婢看万岁爷与娘娘呵，百纵千随真是少。今日这翠钿、凤舄，莫说是梅亭旧日恩情好，就是六宫中新窈窕，娘娘呵，也只合佯装不晓，直恁破工夫多计较！不是奴婢擅敢多口，如今满朝臣宰，谁没有个大妻小妾，何况九重，容不得这宵！

【北四门子】（旦）呀，这非是衾裯不许他人抱③，道的咱量似斗筲④！只怪他明来夜去装圈套、故将人瞒的牢。（丑）万岁爷瞒着娘娘，也不过怕娘娘着恼，非有他意。（旦）把似怕我焦⑤，则休将彼邀。却怎

---

① 凤墀（chí 持）：大殿前的台阶。鹄立：像仙鹤般直立。群僚：指文武百官。　② 省可：不要，免去。　③ 衾裯：化用《诗经·小星》"抱衾与裯"。衾，单被；裯，寝衣。这里泛指被褥等卧具。　④ 斗筲（shāo 烧）：两种小的容器，比喻气量小。⑤ 把似：如果。

的劣云头只思别岫飘①。将他假做抛②,暗又招,转关儿心肠难料。

(作掩泪坐科)(老旦上)清早起来,不见了娘娘,一定在这翠阁中,不免进去咱。(作进见旦科)呀,娘娘呵,

【南鲍老催】为何泪抛,无言独坐神暗消?(问丑科)高公公,是谁触着他情性娇?(丑低科)不要说起。(作暗出钿、舄与老旦看科)只为见了这两件东西,故此发恼。(老旦笑,低问科)如今那人呢?(丑)早已去了。(老旦)万岁爷呢?(丑)出去御朝了。永新姐,你来得甚好,可劝娘娘回宫去罢。(老旦)晓得了。(回向旦科)娘娘,你慢将眉黛颦③,啼痕渗,芳心恼。晨餐未进过清早,怎自将千金玉体轻伤了?请回宫去,寻欢笑。

(内)驾到。(旦起立科)(生上)"媚处娇何限,情深妒亦真。且将个中意,慰取眼前人。"寡人图得半夜欢娱,反受十分烦恼。欲待呵叱他一番,又恐他反道我偏爱梅妃,只索忍耐些罢。高力士,杨娘娘在哪里?(丑)还在阁中。(老旦、丑暗下)生作见旦,旦背立不语掩泣科)(生)呀,妃子,为何掩面不语?(旦不应科,生笑科)妃子

———————

①"劣云头"句:劣云头喻唐明皇。岫(xiù袖):山,这里指梅妃。 ②他:指梅妃。 ③眉黛:眉毛。颦(pín贫):皱。

休要烦恼,朕和你到华萼楼上看花去。(旦)

【北水仙子】(旦)问、问、问、问华萼娇,怕、怕、怕、怕不似楼东花更好①。有、有、有、有梅枝儿曾占先春②,又、又、又、又何用绿杨牵绕③。(生)寡人一点真心,难道妃子还不晓得!(旦)请、请、请、请真心向故交,免、免、免、免人怨为妾情薄。(跪科)妾有下情,望陛下俯听。(生扶科)妃子有话,可起来说。(旦泣科)妾自知无状④,谬窃宠恩。若不早自引退,诚恐谣诼日加⑤,祸生不测,有累君德鲜终⑥,益增罪戾。今幸天眷犹存,望赐斥放。陛下善视他人⑦,勿以妾为念也。(泣拜科)拜、拜、拜、拜辞了往日君恩天样高。(出钗、盒科)这钗、盒是陛下定情时所赐,今日将来交还陛下。把、把、把、把深情蜜意从头缴⑧。(生)这是怎么说?(旦)省、省、省、省可自承旧赐,福难消。

(旦悲咽,生扶起科)妃子何出此言,朕和你两人呵,

【南双声子】情双好,情双好,纵百岁犹嫌少。怎说

---

① 楼东花:上阳宫东楼的花,喻指梅妃。　② 梅枝儿:梅花,仍喻指梅妃。　③ 绿杨:嫩绿的杨柳枝条,喻指杨贵妃自己。　④ 无状:指言行举止失当而无颜面见人。　⑤ 谣诼:造谣诬蔑的话。　⑥ 鲜终:有始无终。　⑦ 善视:善待。　⑧ 缴:交出,勾销。

到,怎说到平白地分开了。总朕错,总朕错,请莫恼,请莫恼。(笑觑旦科)见了你这颦眉泪眼,越样生娇。

妃子可将钗、盒依旧收好。既是不耐看花,朕和你到西宫闲话去。(旦)陛下诚不弃妾,妾复何言。(袖钗、盒,福生科)

【北尾煞】(旦)领取钗、盒再收好,度芙蓉帐暖今宵①,重把那定情时心事表。

(生携旦并下)(丑复上)万岁爷同娘娘进宫去了,咱如今且把这翠钿、凤舄,送还梅娘娘去。

柳色参差映翠楼②,(司马札)

君王玉辇正淹留③。(钱　起)

岂知妃后多娇妒,(段成式)

恼乱东风卒未休。(罗　隐)

【翻译】

(黎明时分,皇宫中的翠华西阁)

高力士(念):

"自闭昭阳春复秋,罗衣湿尽泪还流。一种蛾眉明

---

① 芙蓉帐暖:化用白居易《长恨歌》"芙蓉帐暖度春宵"之意。 ② 参差(cēn cī):指柳树的颜色深浅不一。 ③ 玉辇:皇帝乘坐的用玉装饰的车。

月夜，南宫歌舞北宫愁。"

（白）：

　　咱高力士，往年曾奉命出使福建、广东，选得江妃进宫，万岁爷十分宠爱。因为她性爱梅花，皇上赐号梅妃，宫中都称为梅娘娘。自从杨娘娘入宫侍奉皇上以后，梅妃所受到的宠爱就一天天被杨夺走了。现在万岁爷竟将梅妃迁住上阳宫东楼，不再宠幸。谁知昨夜万岁爷忽然借口有病，在翠华西阁过夜，派小太监密召梅妃，并严令宫人不得将此消息传予杨娘娘知道。万岁爷又命咱在阁前看守，不许闲人随便进去。此时天色见亮，恐怕要送梅娘娘回去了。我干脆在这里等候着吧。（虚下）

杨玉环（上场）（唱）：

　　　　一夜不眠，烦乱愁绪把人搅扰，

　　　　未等天亮，我便独自偷偷来到。

　　　　往常见红太阳照在花枝梢，

　　　　软绵绵我仍感到睡意难消，

　　　　还盖着锦绣软被睡得正好。

　　　　今天呵，

　　　　为什么把凤枕急忙抛，

　　　　单只为皇上重召梅妃那回事，

　　　　我气不过忘不掉。

高力士(暗上远望)(白)：

呀,远远走来的,正是杨娘娘,莫非走漏了消息么?现在梅娘娘还在阁里,如何是好,(杨玉环到)(高力士连忙迎上拜见)奴婢高力士,叩见娘娘。

杨玉环(白)：

万岁爷在哪里?

高力士(白)：

在阁中。

杨玉环(白)：

还有何人在内?

高力士(白)：

没有。

杨玉环(冷笑)(白)：

你开了阁门,待我进去看看。

高力士(慌神)(白)：

娘娘且请暂坐。(杨玉环坐下)奴婢启告娘娘,万岁爷昨日呵,

(唱)：

只为着朝中政务辛勤操劳,

偶尔感到身体不适厌烦搅扰。

杨玉环(白)：

既是圣体不适,怎么会在这里安歇?

高力士（唱）：

　　他喜爱这清静幽雅翠华西阁，

　　暂时在这里休息一宵。

杨玉环（白）：

　　在里面做什么？

高力士（唱）：

　　他躺在龙床上养神歇劳。

杨玉环（白）：

　　你在这里有何事？

高力士（唱）：

　　守门户不准闲人来干扰。

杨玉环（发怒）（白）：

　　高力士，看来你准备不许我进去了？

高力士（慌忙叩头）（白）：

　　娘娘息怒——

（唱）：

　　只因我亲奉君王命，

　　量奴才怎敢把娘娘旨意违拗！

杨玉环（发怒）（白）：咦，

（唱）：

　　你休得假意献殷勤，

　　叽叽喳喳在嘴里弄鬼耍花招。

高力士（白）：

　　奴婢怎敢？

杨玉环（唱）：

　　心焦火燎，

　　急得我满心里越发烦恼。

（白）：

　　我晓得你今日呵，

（唱）：

　　别有个人儿挂在眼梢，

　　仗着她受宠爱势头高，

　　明明在欺负我失宠人时衰运倒。

（起身）（白）：

　　也罢，

（唱）：

　　我只得自己来把门敲。

高力士（白）：

　　娘娘请坐，待奴婢叫开门来，（高声叫）杨娘娘来了，
快开阁门。（杨玉环坐下）

李隆基（披着衣服引太监上，听了听）（唱）：

　　什么事说话声音这样高，

　　忽然间把我的梦惊觉。

高力士（又叫）：

　　杨娘娘在此，快点开门。

太监（白）：

　　启告万岁爷，杨娘娘到了。

李隆基（发呆）（白）：

　　呀！

（唱）：

　　这风流消息泄漏了，

　　可怎么开交？

太监（白）：

　　这门还是开也不开？

李隆基（白）：

　　慢着。（背对太监，自白）暂且叫梅妃在夹层帷幕
中，躲避片刻吧。（急下）

太监（笑）（白）：

　　唉，万岁爷，万岁爷，

（唱）：

　　你如此"金屋藏娇"实在好笑，

　　怕只怕杨妃她把酸葡萄架来推倒。

李隆基（上场后伏在桌上）（白）：

　　内侍，

（唱）：

　　我卧床靠枕装睡着，

　　你索性把宫门开了。

太监（白）：

　　领旨。（开门，杨玉环直入，见李隆基）

杨玉环（白）：

　　妾闻陛下身体不适，特来问安。

李隆基（白）：

　　我偶然不舒服，没有来得及去你那里。何劳妃子清晨到此。

杨玉环（白）：

　　陛下得病的原因，妾倒猜着几分了。

李隆基（笑）（白）：

　　妃子猜着什么了？

杨玉环（唱）：

　　多半是皇上您相思缠绕，

　　为着个意中人把心病挑起了。

李隆基（笑）（白）：

　　我除了妃子，还有什么意中人？

杨玉环（白）：

　　妾想陛下向来钟爱之人，无过于梅妃那个狐狸精，何不宣召她进宫，以慰藉圣上牵挂之情。

李隆基(惊奇地)(白)：

　　呀,此女久住上阳宫东楼,岂有重召之理?

杨玉环(唱)：

　　只怕是司春的东君偷瞧露出的小梅梢,

　　单单指望着梅来把渴消。

李隆基(白)：

　　我哪有这个意思?

杨玉环(白)：

　　既然没有此意,你——

(唱)：

　　怎么会送上一斛珍珠去安慰她的孤单寂寥。

李隆基(白)：

　　妃子休得多心。我昨夜呵,

(唱)：

　　只因为偶然小病,

　　暂时寻个幽静处不受搅扰。

　　凭你那聪敏智慧,

　　随便猜测预料,

　　无缘无故把人数落讥笑。

　　(打呵欠,伸懒腰)

　　我无精打采懒于应酬,

　　与爱妃相逢话语就少。

请暂时回去，

让我睡个饱。

杨玉环（看地上）（白）：

呀，这皇床底下，不是一双凤鞋吗？

李隆基（急起，欲掩藏）（白）：

在哪里？（怀中掉出翠钿）

杨玉环（拾看翠钿）（白）：

呀，又是一朵翠钿，这些都是妇女用品，陛下既然独睡，怎么会有这种东西？

李隆基（表情不自然）（白）：

好奇怪！这是哪里来的？连我也不明白。

杨玉环（白）：

陛下怎么不明白？

高力士（焦急，背过身去对太监低声说）（白）：

呀，不好了，见了这翠钿、凤鞋，杨娘娘必不干休。你们快送梅娘娘，悄悄从阁后跳窗出去，回到上阳宫东楼去吧。

太监（白）：

晓得。（从李隆基背后虚下）

杨玉环（唱）：

这皇上安寝地戒备森严离后宫路遥，

难道有神女飞来与君王共度良宵？

只问这两件信物是何人丢掉?

(将鞋、钿扔地上,高力士暗暗拾起)

昨夜里谁陪伴陛下睡觉?

又该是怎样的如凤鸾恩爱难抛!

到日上三竿还不上朝?

外人如果不知道,

都只说纠缠君王是我这庸姿劣貌,

哪知道贪恋欢娱别筑香巢。

（白）:

请陛下早出上朝,妾在此等你一起回宫。

李隆基（白）:

我今日有病,不能上朝。

杨玉环（唱）:

虽然是你们双双蝶飞梦后,

一对鸳鸯在浪中戏游,

欢欢爱爱度过了春宵,

睡眼惺忪困倦难熬,

却怎能辜负那些仙鹤般站立殿上的文武臣僚。

（杨玉环向前一步背立）

高力士（悄上与李隆基耳语）

梅妃娘娘已回去了,万岁爷请上朝吧。

李隆基(点头)(白)：

  妃子劝我上朝，只得勉强出去。高力士，你在此送娘娘回宫吧。

高力士(白)：

  领旨。(向内喊)摆开仪仗车驾。

李隆基(念)：

  "风流惹下风流苦，不是风流总不知。"(下)

杨玉环(坐着)(白)：

  高力士，你瞒着我做的好事，只问你这翠钿、凤鞋，是哪一个的？

高力士(唱)：

  请娘娘千万不要寻烦恼，

(白)：

  奴婢看万岁爷与娘娘呵，

  百从千随真是少。

(白)：

  今日这翠钿、凤鞋，

(唱)：

  莫说是皇上和梅娘娘旧日曾经恩情好，

  就是召进后宫中新娘娘，

(白)：

  娘娘呵，

（唱）：

　　您也应当假装不知晓，

　　又何必如此费功夫过多计较。

（白）：

　　不是奴婢妄自多口，如今满朝臣宰，谁没有个大妻

小妾，

（唱）：

　　更何况九重天子，

　　怎么难容他这一宵。

杨玉环（白）：

　　呀，

（唱）：

　　这并不是被子不许他人抱，

　　叫人说我的气量如斗筲般狭小！

　　只怪他明来暗去做圈套，

　　故意把人瞒得牢。

高力士（白）：

　　万岁爷瞒着娘娘，也不过怕娘娘生气烦恼，并无

他意。

杨玉环（唱）：

　　如果怕我焦躁，

　　就不要把梅妃暗暗邀。

却怎么坏云团只想往别的山上飘。

将梅妃假意抛开，

暗地里又召回来，

耍心眼真心难料。

（擦泪坐下）

永新（上）（白）：

清晨起来，不见了娘娘，一定在这翠华西阁中，不如进去吧。（进见杨玉环）呀，娘娘呵，

（唱）：

为什么把泪珠儿抛，

无语独坐神情苦恼？

（问高力士）：

高公公，

（唱）：

是谁个把她娇嗔的性情儿惹恼？

高力士（低声说）：

不要说起。（暗出钿、鞋给永新看）只为了这两件东西在发怒烦恼。

永新（笑，低声问）：

如今那人呢？

高力士（白）：

早已回去了。

永新(白)：

　　万岁爷呢？

高力士(白)：

　　出去上朝了。永新姐，你来得太好了，可劝娘娘回
宫去吧。

永新(白)：

　　知道了。(回头对杨玉环)娘娘，

(唱)：

　　您慢把眉头皱，

　　休将啼泪流，

　　不要寻烦恼。

　　您没吃早饭过了清早，

　　怎么自己将千金玉体轻易伤了？

　　请回宫去，

　　寻欢笑。

　　(内)皇上到。

　　(杨玉环起立)

李隆基(念)：

　　"媚处娇何限，情深妒亦真。且将个中意，慰取眼
前人。"

(白)：

　　我图得半夜欢娱，反受十分烦恼，本想呵叱她一番，

又怕她反说我偏爱梅妃，只得忍耐一些吧。高力士，杨娘娘在哪里？

高力士（白）：

　　还在阁中。（永新、高力士暗下）（李隆基见杨玉环，杨玉环背立不语哭泣）

李隆基（白）：

　　呀，妃子，为何掩面不语？（杨玉环不理，李隆基笑）妃子休要烦恼，我和你到华萼楼上看花去。

杨玉环（唱）：

　　问、问、问、问华萼楼鲜花娇娆，

　　怕、怕、怕、怕不如楼东花更好。

　　有、有、有、有梅枝儿抢先把春来报，

　　又、又、又、又何必用绿杨枝缠绕。

李隆基（白）：

　　我一颗真心，难道妃子还不了解？

杨玉环（唱）：

　　请、请、请、请把你的真心向故人交，

　　免、免、免、免得人家怨我的情义少。

杨玉环（跪下）（白）：

　　妾有下情，望陛下屈尊下听。

李隆基（扶起）（白）：

　　妃子有话，可起来说。

杨玉环（哭泣）（白）：

妾自知已无颜面见人，错蒙君王宠爱之恩，若不早些自己退出皇宫，诚恐造谣诬蔑之言日益增加，惹出祸来，连累君王恩德有始无终，那我的罪过就更大了。幸亏今天皇上还对我存有眷恋之情，望赐放我出宫。陛下可以好好地爱恋别的妃子，不要再以妾为念。

（哭拜）（唱）：

拜、拜、拜、拜辞了往日君恩天样高。

（拿出金钗、钿盒）（白）：

这钗、盒是陛下与妾定情时赐予的，今日拿来交还陛下。

（唱）：

把、把、把、把深情蜜意一笔勾销。

李隆基（白）：

这是怎么说？

杨玉环（唱）：

省、省、省、省得我再承受您的恩宠，

那天大的福气我享受不了。

（杨玉环悲泣，李隆基扶起）

李隆基（白）：

妃子何出此言，我和你二人呵，

（唱）：

　　双双情意好，

　　双双情意好！

　　纵然百年偕老仍嫌时光少。

　　怎么说到，

　　怎么说到，

　　平白无故分开了。

　　全是我错了，

　　全是我错了，

　　请不要烦恼，

　　请不要烦恼。

　　（笑看杨玉环）

　　见了你这愁眉泪眼。

　　越加感到别样娇。

（白）：

　　妃子可将钗、盒依旧收好。既然不耐烦看花，我和你就到西宫闲聊去。

杨玉环（白）：

　　陛下果真不嫌弃我，我还能说什么呢？（把钗、盒放进袖内，拜谢李隆基）

（唱）：

　　领过了金钗、钿盒重新收好，

今日里，芙蓉帐里暖度春宵，

重新把那定情时心事表。

（李隆基带杨玉环同下）

高力士（上）（白）：

万岁爷同娘娘进宫去了。咱如今姑且把这翠钿、凤鞋，送还梅娘娘去。

（念）：

柳色参差映翠楼，

君王玉辇正淹留。

岂知妃后多娇妒，

恼乱东风卒未休。

密　誓

　　本出为原作第二十二出。作品写天宝十载七月七夕，牛郎织女鹊桥相会时，李隆基和杨玉环在长生殿山盟海誓的过程。本出是李、杨爱情达到高潮的标志，也是李、杨爱情发生质的飞跃的过程。从此，李、杨爱情进入专一和巩固的阶段。同时，作品通过杨贵妃的伤感，怕恩移爱更，魂消泪零，拜告双星"愿钗盒情缘长久订，莫使做秋风扇冷"以及牛郎织女将天上人间比较"却笑他人世情缘顷刻时"，指出劫难将至，预示了李、杨爱情的乐极生悲。作品也开始转入后半部的描写。本出幻想与现实交织在一起，天上与人间融为一体，意境很美。曲词也委婉动人。

【越调引子·浪淘沙】(贴扮织女,引二仙女上)云护玉梭儿,巧织机丝。天宫原不着相思,报道今宵逢七夕①,忽忆年时②。

【鹊桥仙】"纤云弄巧,飞星传信,银汉秋光暗度。金风玉露一相逢,便胜却人间无数。柔肠似水,佳期如梦,遥指鹊桥前路。两情若是久长时,又岂在朝朝暮暮③。"吾乃织女是也。蒙上帝玉敕④,与牛郎结为天上夫妇。年年七夕,渡河相见,今乃下界天宝十载⑤七月七夕。你看明河无浪⑥,乌鹊将填⑦,不免暂撤机丝,整妆而待。(内细乐扮乌鹊上⑧,绕场飞介)(前场设一桥,乌鹊飞止桥两边介)(二仙女)鹊桥已驾,请娘娘渡河。(贴起行介)

【越调过曲·山桃红】【下山虎头】俺这里乍抛锦

---

① 七夕:七月七日夜晚,传说牛郎织女每年此时鹊桥相会。 ② 年时:往年,从前。 ③ 改用宋代秦观《鹊桥仙》词,以切合剧情。 ④ 玉敕(chì斥):对天帝命令的敬称。 ⑤ 下界:人间。 ⑥ 明河:银河。 ⑦ 乌鹊:乌鸦。将填:将要用身体在河上填成一座桥。传说七夕(农历七月七日)乌鹊架桥使牛郎织女相会。 ⑧ 细乐:管弦乐。

字①,暂驾香辎②。(合)趁碧落无云滓③,新凉暮飔④,(作上桥介)踩上这桥影参差⑤,俯映着河光净泚⑥。【小桃红】更喜杀新月纤,华露滋⑦,低绕着乌鹊双飞翅也,【下山虎尾】陡觉的银汉秋生别样姿⑧。(做过桥介)(二仙女)启娘娘,已渡过河来了。(贴)星河之下,隐隐望见香烟一簇,摇飏腾空,却是何处?(仙女)是唐天子的贵妃杨玉环,在宫中乞巧哩⑨。(贴)生受他一片诚心⑩,不免同了牛郎,到彼一看。

(合)天上留佳会,年年在斯,却笑他人世情缘顷刻时。

【商调过曲·二郎神】(二内侍挑灯,引生上)秋光静,碧沉沉轻烟送暝⑪。雨过梧桐微做冷,银河宛转,纤云点缀双星⑫。(内作笑声、生听介)顺着风儿还细

---

① 锦字:锦缎上织成的文字,此指织锦。 ② 香辎(zī姿):香车。 ③ 碧落:天空。滓:细碎。 ④ 新凉:清新凉爽。飔(sī思):凉风,急风。 ⑤ 参差:长短不齐。 ⑥ 泚(cǐ此):河水清澈、明洁的样子。 ⑦ 华露滋:花儿滋润。华,同"花"。露,滋润。 ⑧ 银汉:银河。 ⑨ 乞巧:相传每年七夕是牛郎织女相会之时,这天晚上,天下妇女便穿七孔针,在庭院里陈设瓜果,向织女乞求智巧,俗称"乞巧"。 ⑩ 生受:难为,多亏。 ⑪ 暝:日落。 ⑫ 双星:牛郎星和织女星。

听，欢笑隔花阴树影。内侍，是哪里这般笑语？（内侍问介）万岁爷问，哪里这般笑语？（内）是杨娘娘到长生殿去乞巧哩。（内侍回介）杨娘娘到长生殿去乞巧，故此笑语。（生）内侍每不要传报，待朕悄悄前去。撤红灯，待悄向龙墀觑个分明①。（虚下）

【前腔】【换头】（旦引老旦、贴同二宫女各捧香盒、纨扇、瓶花、化生金盆上②）宫庭，金炉篆霭③，烛光掩映。米大蜘蛛厮抱定④，金盘种豆⑤，花枝招颭银瓶⑥。（老旦、贴）已到长生殿中，巧宴齐备，请娘娘拈香。（作将瓶花、化生盆设桌上，老旦捧香盒，旦拈香介）妾身杨玉环，虔爇心香⑦，试祈鉴祐。愿钗盒情缘长久订，（拜介）莫使做秋风扇冷⑧。（生潜上窥介）觑娉婷⑨，只见他拜倒在瑶阶，暗祝声声。

---

① 龙墀(chí迟)：皇宫中雕刻有龙的图案的台阶。　② 化生金盆：唐代七月七夜晚的风俗，妇女在金属盆中放上蜡做的婴儿以求生子。这里用来点缀七夕特征。　③ 篆(zhuàn)霭：盘香。篆，篆字形状。霭，云雾，烟雾。　④ "米大"句：七月七那天，妇女们把米粒大小的蜘蛛捉进小盒子里，第二天早上根据蛛网的多少来判断自己乞来多少巧。厮，相互。抱定，捉住。　⑤ 金盘种豆：把多种豆浸在盘内，等长出寸长新芽时，再用彩色丝线缠绕起来。　⑥ 招颭(zhǎn展)：招展。　⑦ 爇(ruò若)：点燃。　⑧ 秋风扇冷：喻指妇女被遗弃。　⑨ 娉婷：美女。这里代指杨玉环。

（老旦、贴作见生介）呀，万岁爷到了。（旦急转，拜生介）（生扶起介）妃子在此，作何勾当？（旦）今乃七夕之期，陈设瓜果，特向天孙乞巧①。（生笑介）妃子巧夺天工，何须更乞。（旦）惶愧。（生、旦各坐介）（老旦、贴同二宫女暗下）（生）妃子，朕想牵牛、织女隔断银河，一年才会得一度，这相思真非容易也。

【集贤宾】（生）秋空夜永碧汉清②，甫灵驾逢迎③，奈天赐佳期刚半顷，耳边厢容易鸡鸣④。云寒露冷，又趱上经年孤另⑤。（旦）陛下言及双星别恨。只可惜人间不知天上的事。如打听，决为了相思成病⑥。

（做泪介）（生）呀，妃子为何掉下泪来？（旦）妾想牛郎织女，虽则一年一见，却是地久天长。只恐陛下与妾的恩情，不能够似他长远。（生）妃子说哪里话！

【黄莺儿】（生）仙偶纵长生⑦，论尘缘也不恁争⑧。百年好占风流胜，逢时对景，增欢助情，怪伊底事反悲哽⑨？（移坐近旦低介）问双星，朝朝暮暮，争似我

---

① 天孙：传说织女是天帝的孙女，因此又名天孙。　② 碧汉：银河。　③ 甫：刚才。灵驾：神灵的车驾，代指牛郎织女。　④ 耳边厢：耳边。　⑤ 经年：一年。孤另：孤单。　⑥ 决：必定，一定。　⑦ 仙偶：神仙配偶。这里指牛郎织女。　⑧ 尘缘：人间姻缘。不恁争：不差多少。　⑨ 伊：你。底事：何事。

和卿①!

(旦)臣妾受恩深重,今夜有句话儿……(住介)(生)妃子有话,但说不妨。(旦对生呜咽介)妾蒙陛下宠眷,六宫无比。只怕日久恩疏,不免白头之叹②!

【莺簇一金罗】【黄莺儿】(旦)提起便心疼,念寒微侍掖庭③,更衣傍辇多荣幸。【簇御林】瞬息间,怕花老春无剩,【一封书】宠难凭④。(牵生衣泣介)论恩情,【金凤钗】若得一个久长时,死也应⑤;若得一个到头时,死也暝。【皂罗袍】抵多少平阳歌舞⑥,恩移爱更;长门孤寂⑦,魂销泪零;断肠枉泣红颜命⑧!(生举袖与旦拭泪介)妃子,休要伤感。朕与你的恩情,岂是等闲可比。

【簇御林】(生)休心虑,免泪零,怕移时,有变更。(执旦手介)做酥儿拌蜜胶粘定⑨,总不离须臾顷。

---

① 卿:卿卿,夫妻之间爱称。 ② 白头之叹:对夫妻爱情不能始终不变的感叹。 ③ 寒微:出身贫穷卑微。掖庭:皇宫旁边嫔妃所住之地。 ④ 凭:依靠。 ⑤ 应:应该,甘心无怨。 ⑥ 平阳歌舞:汉武帝的皇后卫子夫原是平阳公主的歌女,受武帝宠幸后被封为皇后。后因年长色衰而失宠。 ⑦ 长门孤寂:汉武帝的陈皇后原来颇受宠爱,后来失宠,幽居于长门宫里。参见汉司马相如《长门赋序》。 ⑧ 红颜命:红颜薄命。红颜,指美女。 ⑨ 酥儿:酥油。

（合）话绵藤①，花迷月暗，分不得影和形。

（旦）既蒙陛下如此情浓，趁此双星之下，乞赐盟约，以坚终始。（生）朕和你焚香设誓去。（携旦行介）

【琥珀猫儿坠】（合）香肩斜靠，携手下阶行。一片明河当殿横，（旦）罗衣陡觉夜凉生。（生）惟应和你悄语低言，海誓山盟②。

（生上香揖同旦福介）双星在上，我李隆基与杨玉环，（旦合）情重恩深，愿世世生生，共为夫妇永不相离。有渝此盟③，双星鉴之。（生又揖介）在天愿为比翼鸟，（旦拜介）在地愿为连理枝。（合）天长地久有时尽，此誓绵绵无绝期。（旦拜谢生介）深感陛下情重，今夕之盟，妾死生守之矣。（生携旦介）

【尾声】长生殿里盟私订。（旦）问今夜有谁折证④？（生指介）是这银汉桥边，双双牛、女星。（同下）

【越调过曲·山桃红】（小生扮牵牛，云巾、仙衣，同贴引仙女上）只见他誓盟密矢⑤，拜祷孜孜⑥，两下情无二，口同一辞。（小生）天孙，你看唐天子与杨玉环，好不恩爱也！悄相偎，倚着香肩，没些缝儿。我

---

①绵藤：缠绵。　②海誓山盟：男女相爱时立下的誓言和盟约，愿爱情像山和海一样永恒不变。　③渝：违背。　④折证：作证。　⑤矢：发誓。　⑥孜孜：勤勉，努力不懈的样子。

与你既缔天上良缘,当作情场管领①,况他又向我等设盟,须索与他保护。见了他恋比翼,慕并枝,愿生生世世情真至也,合令他长作人间风月司②。(贴)只是他两人劫难将至,免不得生离死别。若果后来不背今盟,决当为之绾合。(小生)天孙言之有理。你看夜色将阑,且回斗牛宫去。(携贴行介)(合)天上留佳会,年年在斯,却笑他人世情缘顷刻时!

> 何用人间岁月催,(罗　邺)
>
> 星桥横过鹊飞回。(李商隐)
>
> 莫言天上稀相见,(李　郢)
>
> 没得心情送巧来。(罗　隐)

【翻译】

(七月七日夜晚,月朗风清。银河上织女牛郎鹊桥相会,长生殿李隆基杨玉环密誓,天上人间交融一起)

(织女引二仙女上场)

织女(唱):

> 彩云围着玉梭儿,
>
> 我在织布机上穿梭巧织。

---

① 情场管领:主管爱情的神。　② 风月司:管理人间情爱的人。风月,情爱。司,主管,执掌。

天宫中原不着意于相思，

报道今宵恰逢七月七，

我忽然想起当年欢爱时。

"丝丝彩云巧弄出朵朵花絮，织女星向牵牛星飞传相会的信息——秋夜月光下她将悄悄渡过银河去。秋风起，白露滴，二人重逢一面，便胜过人间无数次夫妻欢聚。温柔缠绵的情意像秋水流淌不尽，欢会的时光却像梦一般容易逝去。分离后，多少次遥指鹊桥前方的必经之路。两人的爱情若是地久天长时，又何必在一起朝朝暮暮。"我是织女，多亏上帝之命，与牛郎结为天上夫妇，年年七月七日夜晚，我可以渡过银河与牛郎相见。今天是人间天宝十年七月七夕。你看银河波平浪静，乌鹊将填驾成桥，不如暂时收好织布机上锦丝，整妆而待。

（乌鹊上，绕场飞一周）（前场设一桥，乌鹊飞停桥两边）

二仙女（白）：

鹊桥已驾好，请娘娘渡河。

织女（起身行走）（唱）：

我这里才放下手中织锦活，

暂且坐上香车去。

趁天空云彩没挂一丝，

趁晚风凉爽清新，

（上桥）

我踏上这光影参差的鹊桥，

在清澈明亮的河水中映出倒影。

更喜爱极了这新出的一轮弯弯细月，

那使鲜花滋润的水露，

和这些低低地绕着我展翅飞翔的乌鹊，

我陡然觉得银河秋来格外的美丽。

（过桥）

二仙女（白）：

启告娘娘，已渡过河来了。

织女（白）：

银河之下，隐隐望见一簇香烟，摇摆扬起腾空而上，却是何处？

仙女（白）：

是唐天子的贵妃杨玉环，在宫中向娘娘您乞求智巧哩。

织女（白）：

难为她一片诚心，不免同牛郎一起，到那里一看。

（合唱）：

天上留着夫妻团聚的欢会，

年年在此时，

却笑他人世间情缘只能一霎时。

（二太监挑灯，引李隆基上）

李隆基（唱）：

秋夜的月光多么幽静，

碧沉沉的夜空飘浮着薄云，

雨打梧桐后显得微微寒冷，

银河曲曲弯弯，

纤细的云彩点缀着牛郎织女星。

（内笑声，李隆基倾听）

顺着风儿我仔细听，

欢笑声飘过隔着的花阴树影。

（白）：

内侍，是哪里发出这般笑语？

太监（白）：

万岁爷问，哪里发出这般笑语？

（内答）是杨娘娘到长生殿去向织女星乞求智巧哩。

太监（回话）：

杨娘娘到长生殿去向织女星乞求智巧，因此有这般笑语。

李隆基（白）：

内侍们不要传报，待我悄悄前去。

（唱）：

撤去红灯，

等我悄悄到台阶上看个分明。

（虚下）

（杨玉环引永新、念奴和二宫女各捧香盒、纨扇、瓶花、化生金盆上）

（合唱）：

　　在宫廷，

　　金炉内香烟升腾，

　　蜡烛光相互辉映。

　　我们把米大的蜘蛛捉定，

　　把多样豆种进金盘，用彩线缠上，

　　花枝招展插入银瓶。

永新、念奴（白）：

　　已到长生殿中，乞巧的供品已备齐，请娘娘拈香。

　　（将瓶花、化生盆放桌上，永新捧香盒，杨玉环拈香）

杨玉环（白）：

　　妾身杨玉环，虔诚专心地点燃此香，拜告牛郎、织女二星，祈求保佑。

（唱）：

　　但愿钗盒情缘长久订，

　　（杨玉环再拜）

　　（接唱）莫让我像扇子，秋风吹来时受冷清。

　　（李隆基暗上偷看）

李隆基(唱):

> 看美人,
>
> 只见她拜倒在玉石台阶上,
>
> 暗中祝愿,痴情的话语一声声。

永新、念奴(见李隆基)(白):

> 呀,万岁爷到了。
>
> (杨玉环急转身,拜李隆基,李隆基扶起)

李隆基(白):

> 妃子在此,做什么事儿?

杨玉环(白):

> 今天是七月七,我摆上瓜果,特向织女乞求智巧。

李隆基(笑)(白):

> 妃子巧夺天工,何须再来乞求。

杨玉环(白):

> 诚惶诚愧。
>
> (李、杨各坐下,永新、念奴同二宫女暗下)

李隆基(白):

> 妃子,我想牵牛、织女银河隔断,一年才能会面一次,这相思之苦真难忍受啊。

(唱):

> 秋夜漫长银河澄清,
>
> 牛郎和织女刚刚相逢。

无奈天赐佳期仅仅半晌，

耳边那么容易响起鸡叫声。

分别时云寒露冷，

又赶上整整一年的孤零。

杨玉环（白）：

陛下说起双星离别之恨，使妾倍感凄惨。只可惜人
间不知天上的事。

（唱）：

如果打听一下，

他们一定是为了相思而成病。

（流泪）

李隆基（白）：

呀，妃子为何掉下泪来？

杨玉环（白）：

妾想牛郎织女，虽然一年一见，却是地久天长。只
怕陛下与妾的恩情，不能够似他们那样长远。

李隆基（白）：

妃子说哪里话？

（唱）：

神仙伴侣纵然能相爱到永生，

我和贵妃的人间之爱也一定能永恒。

我们已有了百年好合的感情。

此刻正逢良辰恰对美景，

本应该增添欢乐助长情兴，

奇怪的是你为何事反出悲声？

（移坐靠近杨玉环，低声唱）

问那牛郎织女星，

就算朝朝暮暮在一起，

他们怎如我和你。

杨玉环（白）：

臣妾受恩深重，今夜有句话儿……（欲说又止）

李隆基（白）：

妃子有话，但说不妨。

杨玉环（呜咽）（白）：

妾蒙受陛下宠爱眷顾，六宫美人无人可比。只怕日
子一长陛下恩义疏减，使妾难免白头之叹。

（唱）：

提起来便心疼，

想我出身寒微却能侍候于宫廷，

得以奉侍君王多荣幸。

瞬息之间，

怕花颜衰老青春无剩，

靠什么再得君王宠幸。

（拉着李隆基衣服哭泣）

论恩情，

若得一个长久时，

死也甘心情愿；

若得一个到头时，

死也闭上眼睛。

胜过多少起自平阳歌舞的汉代卫皇后，

是君王恩爱转移变更；

强过多少冷落长门的陈皇后，

是君王使他们被抛弃魂销泪飘零；

我痛断肝肠枉自悲泣红颜女子多薄命！

（李隆基举袖为杨玉环擦泪）

李隆基（白）：

妃子不要伤感。我与你的恩情，难道一般人能

比吗？

（唱）：

休要担心忧虑，

莫要泪流不停。

莫怕恩爱有移时，

莫怕情爱有变更。

（拉杨玉环手）

我俩是酥儿拌蜜胶粘定，

时时刻刻不离形影。

（合唱）：

话语缠绵，

花儿迷离月儿幽暗，

分不清两人的影和形。

杨玉环（白）：

既蒙陛下如此情深意浓，趁现在面对双星，请求陛下允许与妾同订盟约，使我俩爱情牢不可破，始终如一。

李隆基（白）：

我和你焚香盟誓去。

（携杨玉环同行）（合唱）：

双肩相斜靠，

手拉手下台阶相伴行。

一道银河横贯在宫殿上空，

杨玉环（唱）：

忽然觉得身上衣单秋夜凉生。

李隆基（唱）：

只应和你悄声低语，

订下这海誓山盟。

（李隆基上香作揖，杨玉环行福拜礼）

（白）：

牛郎织女双星在上，我李隆基与杨玉环，（杨玉环合）情重恩深，愿世世生生，共为夫妇，永不相离。有违此盟,双星审察。

李隆基(又作揖)(念):

　　在天愿为比翼鸟,

杨玉环(拜)(念):

　　在地愿为连理枝。

(合念):

　　天长地久有时尽,此誓绵绵无绝期。

杨玉环(拜谢李隆基)(白):

　　深感陛下情重,今夜之盟,妾生死相守。

李隆基(携杨玉环)(唱):

　　长生殿里悄悄把盟誓订。

杨玉环(唱):

　　问今夜有谁作证?

李隆基(指着)(唱):

　　是这银河上鹊桥边,

　　双双牵牛织女星。

　　(同下)

　　(牵牛,戴云巾,穿仙衣和织女一起引仙女上)

牛郎(唱):

　　只见他俩秘密订盟发誓;

　　拜求神灵不停息,

　　两方一样痴情,

两人口出一辞。

（白）：

　　天孙，你看唐天子与杨玉环，好不恩爱呀！

（唱）：

　　静悄悄相偎依，

　　靠着双肩，

　　没有一丝缝儿。

（白）：

　　我与你既然缔结了天上姻缘，应该做个情场的管领。何况他们又向我们发了誓，必须保护他们。

（唱）：

　　见他们羡慕天上比翼鸟地上连理枝，

　　愿生生世世做夫妻爱真情挚。

　　实应该叫他们长作人间爱情的天使。

织女（白）：

　　只是他二人劫难将至，免不了生离死别，如若果真后来不违此盟，我一定为他们牵线搭桥。

牛郎（白）：

　　天孙言之有理。你看夜色将尽。暂且回斗牛宫去。

（携手同行）（合唱）：

　　天上留着夫妻团聚的欢会，

　　年年在此时，

却笑他人间情缘只能一霎时。

（念）：

何用人间岁月催，

星桥横过鹊飞回。

莫言天上稀相见，

没得心情送巧来。

惊　变

　　本出为原作第二十四出。前半出写唐明皇
和杨贵妃携手花间，以及小宴时浅斟低唱的嬉
笑欢乐的爱情生活。特别着力描绘唐明皇命杨
贵妃歌《清平调》，亲自用玉笛伴奏，和强劝杨贵
妃饮酒，仔细看她娇软的醉态。后半出，笔锋一
转，突然传来安禄山兵变杀过潼关的消息，唐明
皇被吓得胆战心摇，决定暂时逃亡四川。在慌
乱中唐明皇对爱妃格外体贴。全出从大欢大喜
到大惊大悲，对比鲜明，戏剧性强。其中描写贵
妃醉酒的[南扑灯蛾]一曲，惟妙惟肖地刻画了
杨玉环的醉态。曲词柔媚、纤巧、本色、流畅，兼
而有之。

（丑上）"玉楼天半起笙歌，风送宫嫔笑语和。月殿影开闻夜漏①，水晶帘卷近秋河②。"咱家高力士，奉万岁爷之命，着咱在御园中安排小宴。要与贵妃娘娘同来游赏，只得在此候。（生、旦乘辇③，老旦、贴随后，二内侍引，行上）

【北中吕粉蝶儿】（生）天淡云闲，闲，列长空数行新雁④。御园中秋色斓斑⑤，柳添黄，蘋减绿，红莲脱瓣。一抹雕阑⑥，喷清香桂花初绽。

（到介）（丑）请万岁爷、娘娘下辇。（生、旦下辇介）（丑同内侍暗下）（生）妃子，朕与你散步一回者。（旦）陛下请。（生携旦手介）（旦）

【南泣颜回】携手向花间，暂把幽怀同散。凉生亭下，风荷映水翩翻⑦。爱桐阴静悄，碧沉沉并绕回廊看。恋香巢秋燕依人，睡银塘鸳鸯蘸眼⑧。

（生）高力士，将酒过来，朕与娘娘小饮数杯。（丑）宴已排在亭上，请万岁爷、娘娘上宴。（旦作把盏，生止住介）妃子坐了。

---

① 月殿影开：月亮出来。月殿，月宫。 ② 秋河：银河。③ 辇（niǎn 碾）：皇帝乘坐的车。 ④ 列：排列。 ⑤ 斓斑：斑斓，色彩绚丽多样。 ⑥ 一抹：淡淡一片。 ⑦ 翩翻：轻快地上下翻动。 ⑧ 蘸（zhàn 战）眼：眨眼。

【北石榴花】不劳你玉玉纤纤高捧礼仪烦①,子待借小饮对眉山②。俺与你浅斟低唱互更番,三杯两盏,遣兴消闲。妃子,今日虽是小宴,倒也清雅,回避了御厨中,回避了御厨中烹龙炰凤堆盘案③,咿咿哑哑乐声催趱。只几味脆生生④,只几味脆生生蔬和果清肴馔⑤,雅称你仙肌玉骨美人餐⑥。

妃子,朕与你清游小饮,那些梨园旧曲,都不耐烦听他。记得那年在沉香亭上赏牡丹⑦,召翰林李白草《清平调》三章。令李龟年度成新谱,其词甚佳。不知妃子还记得么?(旦)妾还记得。(生)妃子可为朕歌之,朕当亲倚玉笛以和。(旦)领旨。(老旦进玉笛,生吹介)(旦按板介)

【南泣颜回】⑧花繁,秾艳想容颜。云想衣裳光璨,新妆谁似,可怜飞燕娇懒。名花国色,笑微微常得君

①玉玉纤纤:洁白细嫩的手。 ②子:只。眉山:眉毛,眉如远山,所以称眉山。 ③炰(páo袍):烹煮。 ④脆生生:清新爽口。 ⑤肴馔:指酒菜。 ⑥雅称:十分相称。 ⑦沉香亭:唐玄宗时长安兴庆宫亭名,李隆基和杨玉环曾在此赏牡丹,命李白进《清平调》三章。 ⑧[南泣颜回]:本曲是根据李白在沉香亭所进《清平调》的词句改写而成的。《清平调》共三首,其一"云想衣裳花想容",其二"一枝红艳露凝香",其三"名花倾国两相欢"。

王看。向春风解释春愁,沉香亭同倚阑干。

(生)妙哉,李白锦心①,妃子绣口②,真双绝矣。宫娥,取巨觥来,朕与妃子对饮。(老旦、贴送酒介)(生)

【北斗鹌鹑】(生)畅好是喜孜孜驻拍停歌③,喜孜孜驻拍停歌,笑吟吟传杯送盏。妃子干一杯,(作照干介)不须他絮烦烦射覆藏钩④,闹纷纷弹丝弄板⑤。(又作照杯介)妃子,再干一杯。(旦)妾不能饮了。(生)宫娥每,跪劝。(老旦、贴)领旨。(跪旦介)娘娘,请上这一杯。(旦勉饮介)(老旦、贴作连劝介)(生)我这里无语持觥仔细看,早子见花一朵上腮间。(旦作醉介)妾真醉矣。一会价软哈哈柳嚲花敧⑥,软哈哈柳嚲花敧,困腾腾莺娇燕懒。

妃子醉了,宫娥每,扶娘娘上辇进宫去者。(老旦、贴)领旨。(作扶旦起介)(旦作醉态呼介)万岁!(老旦、贴扶旦行)(旦作醉态介)

【南扑灯蛾】(旦)态恹恹轻云软四肢,影濛濛空花乱

① 锦心:形容文思优美。 ② 绣口:形容歌喉动听。③ 畅好是:正好是。驻拍:住拍,停止伴奏。 ④ 射覆藏钩:酒令游戏。射覆,接近猜(射)字谜的一种酒令。藏钩,一种游戏,玩时分两组人,依次互猜所藏东西在谁那儿,传说玩此游戏,会令人生离。 ⑤ 弹丝:弹琴。 ⑥ 柳嚲(duǒ 朵)花敧(qī欺):柳条下垂,花儿斜倾。

双眼，娇怯怯柳腰扶难起，困沉沉强抬娇腕，软设设
金莲倒褪，乱松松香肩軃云鬟，美甘甘思寻凤枕，步
迟迟倩宫娥搊入绣帏间。

（老旦、贴扶旦下）（丑同内侍暗上）（内击鼓介）（生惊
介）何处鼓声骤发？（副净急上）渔阳鼙鼓动地来，惊破霓
裳羽衣曲①。（问丑介）万岁爷在哪里？（丑）在御花园
内。（副净）军情紧急，不免径入。（进见介）陛下，不好
了，安禄山起兵造反，杀过潼关，不日就到长安了。（生
大惊介）守关将士何在？（副净）哥舒翰兵败②，已降
贼了。

【北上小楼】（生）呀，你道失机的哥舒翰……称兵的
安禄山，赤紧的离了渔阳，陷了东京，破了潼关。唬
得人胆战心摇，唬得人胆战心摇，肠慌腹热，魂飞魄
散，早惊破月明花粲③。

卿有何策，可退贼兵？（副净）当日臣曾再三启奏，
禄山必反，陛下不听，今日果应臣言。事起仓卒，怎生拒

---

①"渔阳"二句：引用白居易《长恨歌》中的两句。指安禄
山叛乱。渔阳，见《传概》注。鼙鼓，战鼓。　②哥舒翰：唐大
将。突厥族哥舒部人。安史之乱时，为兵马副元帅，统军二
十万守潼关，大败被俘，囚于洛阳，后被杀。　③月明花粲：喻
指花前月下卿卿我我的男女生活。

敌？不若权时幸蜀①，以待天下勤王②。（生）依卿所奏。快传旨，诸王百官，即时随驾幸蜀便了。（副净）领旨。（急下）（生）高力士，快些整备军马。传旨令右龙武将军陈元礼，统领羽林军士三千扈驾前行③。（丑）领旨。（下）（内传）请万岁爷回宫。（生转行叹介）唉，正尔欢娱④，不想忽有此变，怎生是了也！

【南扑灯蛾】稳稳的宫庭宴安，扰扰的边廷造反。冬冬的鼙鼓喧，腾腾的烽火黫⑤。的溜扑碌臣民儿逃散⑥，黑漫漫乾坤覆翻，碜磕磕社稷摧残⑦，碜磕磕社稷摧残。当不得萧萧飒飒西风送晚，黯黯的一轮落日冷长安⑧。

（向内问介）宫娥每，杨娘娘可曾安寝？（老旦、贴内应介）已睡熟了。（生）不要惊他，且待明早五鼓同行。（泣介）天那，寡人不幸，遭此播迁，累他玉貌花容，驱驰道路。好不痛心也！

【南尾声】在深宫兀自娇慵惯，怎样支吾蜀道难⑨！

---

① 幸：皇帝去往某地称"幸"。 ② 勤王：各地起兵援救蒙难皇帝称"勤王"。 ③ 羽林军：皇帝的禁卫军。扈驾：随从护卫皇帝车驾。 ④ 正尔：正在。 ⑤ 黫（yān 烟）：黑色。烽火：喻战争。 ⑥ 的溜扑碌：象声词，趺趺撞撞时发出的声音。 ⑦ 碜（chěn 陈上声）磕磕：惨痛的样子。 ⑧ "一轮"句：比喻唐王朝由盛转衰，日薄西山。 ⑨ 支吾：支撑，经受。

（哭介）我那妃子呵，愁杀你玉软花柔，要将途路趱。

    宫殿参差落照间，（卢　纶）

    渔阳烽火照函关。（吴　融）

    遏云声绝悲风起①，（胡　曾）

    何处黄云是陇山②。（武元衡）

【翻译】

（一个秋高气爽的日子，皇宫内花园中凉亭上）

高力士（上场）（念）：

"玉楼天半起笙歌，风送宫嫔笑语和。月殿影开闻夜漏，水晶帘卷近秋河。"（白）：我是高力士，奉万岁爷之命，在御花园中安排小宴。万岁爷要和贵妃娘娘同来游玩观赏，只得在此等候。

（李隆基、杨玉环乘车，永新、念奴随行在后，二太监引路在前，走上）

（合唱）：

    天高云淡，

    万里长空排列着数行新雁。

    御园中秋色斓斑：

---

① 遏（è饿）云：阻止行云。　② 陇山：在陕西、甘肃一带，是从长安去成都须经过的地方。

柳叶添黄，

蘋草减绿，

红莲脱瓣。

一抹雕花栏杆，

喷清香桂花初绽。

（众人到达御花园）

高力士（白）：

请万岁爷、娘娘下车。

（李隆基、杨玉环下车）（高力士同太监暗下）

李隆基（白）：

妃子，我与你散步一回吧。

杨玉环（白）：

陛下请。

（李隆基拉着杨玉环的手）

（唱）：

携手走向花间，

暂且同把幽怀排遣。

亭台下吹起凉风，

风吹荷叶倒映水中上下飞翻。

我爱这梧桐树荫下静悄悄，

碧沉沉二人并绕回廊看。

恋香巢秋燕依人，

睡池塘鸳鸯眨着双眼。

李隆基（白）：

高力士，拿酒过来，我与娘娘小饮数杯。

高力士（白）：

酒宴已摆在亭上，请万岁爷、娘娘赴宴。

（杨玉环往酒杯倒酒，李隆基止住）

李隆基（白）：

妃子坐了。（杨玉环坐下）

（唱）：

不劳你纤纤玉手高捧酒杯，

礼仪不必过烦。

只须借小饮和爱妃对饮同欢。

我和你浅斟低唱轮番把盏，

三杯两盏，

抒发情致消磨空闲。

（白）：

妃子，今日虽是小宴，倒也清静幽雅。

（唱）：

不用那御厨中，

不用那御厨中烹龙炰凤满桌案，

不用那咿咿呀呀乐声催人烦。

只几样脆生生，

只几样脆生生蔬菜水果清淡酒菜，

最配你仙肌玉骨美人餐。

（白）：

妃子，我与你清游小饮，那些梨园旧曲，都不耐烦听它。记得那年我们在沉香亭上赏牡丹，召翰林李白草写《清平调》三章，令李龟年作成新谱，文词甚佳。不知妃子还记得吗？

杨玉环（白）：

妾还记得。

李隆基（白）：

妃子可为我唱一唱，我当亲吹玉笛伴奏。

杨玉环（白）：

领旨。

（永新送上玉笛，李隆基吹笛，杨玉环拍板）

（唱）：

鲜花繁茂浓艳多像是我的容颜。

彩云五色缤纷仿佛是我的衣衫。

新妆后谁能和我相比？

只有赵飞燕才像我一样柔美娇懒。

我这天姿国色如同名花牡丹，

笑微微常得到君王欣赏观看。

对春风排解了春愁，

沉香亭上我们同倚栏杆。

李隆基（白）：

妙啊，李白锦心，妃子绣口，真双绝啊！宫娥，取大杯来，我与妃子对饮。

（永新、念奴送酒）

（唱）：

正好是喜滋滋停拍住唱，

喜滋滋停拍住唱，

笑吟吟传杯送盏。

（白）：

妃子干一杯，（干杯后把酒杯朝下以示一滴不剩）

（唱）：

不须做那烦琐的酒令游戏，

也不须闹纷纷弹琴拍板。

（又干一杯）

李隆基（白）：

妃子，再干一杯。

杨玉环（白）：

妾不能饮了。

李隆基（白）：

宫娥们，跪着劝酒。

永新、念奴（白）：

　　领旨。（跪下）娘娘，请干了这一杯。

　　（杨玉环勉强饮下，永新、念奴连连劝酒）

李隆基（唱）：

　　我这里无语端杯仔细看，

　　早见她红花一朵泛上腮边。

杨玉环（作醉态）（白）：

　　妾真醉了。

李隆基（唱）：

　　不一会儿便软绵绵如柳垂花斜，

　　软绵绵如柳垂花斜，

　　困腾腾像莺儿娇，燕儿懒。

（白）：

　　妃子醉了，宫娥们，扶娘娘上车进宫去吧。

永新、念奴（白）：

　　领旨。（扶杨玉环起身）

杨玉环（一副醉态，呼喊）：

　　万岁！

　　（永新、念奴扶杨玉环行走，杨玉环一副醉态）

（唱）：

　　身无力四肢好似浮云软，

　　花影模糊迷乱双眼，

娇怯怯柳枝腰难扶起，

困沉沉强抬起娇弱手腕，

软绵绵三寸金莲迈步难，

乱蓬蓬发髻垂双肩，

美滋滋想寻凤枕眠，

步缓缓靠宫娥挽入绣帐里边。

（永新、念奴扶杨玉环下）（高力士同太监暗上，内击鼓）

李隆基（震惊地）（白）：

何处骤然响起鼓声？

杨国忠（急上）（白）：

"渔阳战鼓动地来，惊破霓裳羽衣曲。"（问高力士）万岁爷在哪里？

高力士（白）：

在御花园内。

杨国忠（白）：

军情紧急，不得不闯进去了。（进见李隆基）陛下，不好了。安禄山起兵造反，杀过潼关，不几天就到长安了。

李隆基（大惊）（白）：

守关将士何在？

杨国忠（白）：

哥舒翰兵败，已投降贼兵了。

李隆基:(唱)

　　呀！你道是失了战机的哥舒翰……

　　起兵叛乱的安禄山，

　　果真是离开了渔阳，

　　攻占了东京洛阳，

　　破了潼关。

　　吓得人胆战心惊，

　　吓得人胆战心惊。

　　我心急如焚，

　　魂飞魄散，

　　早惊破了花前月下美梦酣。

(白)：

　　卿有什么计策，可退贼兵？

杨国忠(白)：

　　当日臣曾再三启奏，安禄山必反，陛下不听，今日果然应验了臣言。事情发生得太突然，怎么抵敌？不如暂时去四川躲避，以等待各地起兵救援朝廷。

李隆基(白)：

　　依卿所奏，快传旨，诸王百官，马上随我去往四川便了。

杨国忠(白)：

　　领旨。(急下)

李隆基(白):

　　高力士,快些准备军马,传旨令右龙武将军陈元礼,统领三千禁卫军护卫车驾前行。

高力士(白):

　　领旨。(下)

太监(白):

　　请万岁爷回宫。

李隆基(转行,叹气)(白):

　　唉,正沉醉在欢娱中,不想忽有此变,怎么得了啊!

(唱):

　　安稳稳宫廷欢宴,

　　乱纷纷边廷造反。

　　咚咚咚战鼓喧天,

　　腾腾腾烽火飞烟。

　　跌跌撞撞臣民们四处逃散,

　　黑漫漫地覆天翻,

　　凄惨惨国家遭摧残,

　　凄惨惨国家遭摧残。

　　难禁受萧萧飒飒西风送来夜晚,

　　昏昏暗暗一轮落日冷照长安。

　　(向内问)宫娥们,杨娘娘可曾安寝?

　　(内答)已睡熟了。

李隆基(白):

　　不要惊醒她,且等明早五更同行。(哭泣)天哪! 我
真不幸,遭遇这样的迁移流亡,连累妃子她玉貌花容,将
在路上奔波。好不痛心啊!

(唱):

　　妃子她在深宫尚且娇懒惯,

　　怎么能经受那蜀道的艰难。

　　(哭泣)

　　我那妃子呵!

　　愁杀你玉软花柔千金体,

　　却要长途跋涉把路赶。

(念):

　　宫殿参差落照间,

　　渔阳烽火照函关。

　　遏云声绝悲风起,

　　何处黄云是陇山。

埋　玉

　　本出为原作第二十五出。作品写唐明皇、杨贵妃逃亡西川，路经马嵬驿时，六军哗变，杀死杨国忠，并请求除掉杨贵妃，否则就不肯起行。唐明皇无奈，赐贵妃自尽。作者细腻地描绘了杨玉环临死时的心理活动：她虽然口中请死，心里却舍不得李隆基，又十分留恋人生；她为了保全社稷舍弃生命，嘱托高力士小心侍奉明皇，却又埋怨陈元礼逼她自杀。李隆基开始极力为杨妃开脱罪责，并表示玉环如若死去，他虽有九重之尊、四海之富也没有什么意思，宁可国破家亡也不抛舍她。玉环被逼自缢后，他甚至不愿去西川了。在他看来，"堂堂天子贵，不及莫愁家",他把幸福的爱情生活看得重于皇帝的宝座。

本出是李、杨爱情发展的转折点,从此以后,李杨的爱情由人间现实之爱变为人间天上的人仙之恋,剧本开始进入浪漫主义描写。

本出悲剧色彩较浓,曲辞动人,催人泪下。

【南吕过曲·金钱花】(末扮陈元礼引军士上①)拥旄仗钺前驱②,前驱;羽林拥卫銮舆③,銮舆。匆匆避贼就征途。人跋涉,路崎岖。知何日到成都。

下官右龙武将军陈元礼是也。因禄山造反,破了潼关。圣上避兵幸蜀,命俺统领禁军扈驾。行了一程,早到马嵬驿了。(内鼓噪介)(末)众军为何呐喊?(内)禄山造反,圣驾播迁④,都是杨国忠弄权,激成变乱。若不斩此贼臣,我等死不扈驾。(末)众军不必鼓噪,暂且安营。

---

① 陈元礼:也即唐将领陈玄礼。玄宗在位期间,保卫宫禁。安禄山叛乱后,随玄宗入蜀,在马嵬驿(今陕西兴平西)和士兵一起杀了杨国忠,又逼玄宗缢死杨贵妃。后封蔡国公。 ② 拥旄(máo 毛)仗钺(yuè 月):这是拥有军权的象征。旄,旗子,用牦牛尾作装饰。钺,一种兵器。 ③ 羽林:羽林军,是保卫皇宫的禁卫军。銮舆:皇帝的车驾,代指皇帝。 ④ 播迁:流离迁移。

待我奏过圣上，自有定夺①。（内应介）（末引军重唱"人跋涉"四句下）（生同旦骑马，引老旦、贴、丑行上）

【中吕过曲·粉孩儿】（生）匆匆的弃宫闱珠泪洒②，叹清清冷冷半张銮驾，望成都直在天一涯。渐行来渐远京华，五六搭剩水残山，两三间空舍崩瓦。

（丑）来此已是马嵬驿了，请万岁爷暂住銮驾。（生、旦下马，作进坐介）（生）寡人不道③，误宠逆臣，致此播迁，悔之无及。妃子，只是累你劳顿，如之奈何！（旦）臣妾自应随驾，焉敢辞劳。只愿早早破贼，大驾还都便好。（内又喊介）杨国忠专权误国，今又交通吐蕃④，我等誓不与此贼俱生。要杀杨国忠的，快随我等前去。（杂扮四军提刀赶副净上，绕场奔介）（军作杀副净，呐喊下）（生惊介）高力士，外面为何喧嚷？快宣陈元礼进来。（丑）领旨。（宣介）（末上见介）臣陈元礼见驾。（生）众军为何呐喊？（末）臣启陛下：杨国忠专权召乱，又与吐蕃私通。激怒六军⑤，竟将国忠杀死了。（生作惊介）呀，有这等事。（旦作背掩泪介）（生沉吟介）这也罢了，传旨起身。（末出传旨介）圣旨道来，赦汝等擅杀之罪。作速起行。

———————

① 定夺：决定。　② 宫闱：皇后和妃子居住的地方。
③ 不道：不明方向，糊涂。　④ 吐蕃：唐代的少数民族，居住在今西藏一带。　⑤ 六军：朝廷军队的总称。此指宫廷禁卫军。

（内又喊介）国忠虽诛，贵妃尚在。不杀贵妃，誓不扈驾。（末见生介）众军道：国忠虽诛，贵妃尚在，不肯起行。望陛下割恩正法。（生作大惊介）哎呀，这话如何说起！（旦慌牵生衣介）（生）将军。

【红芍药】国忠纵有罪当加，现如今已被劫杀。妃子在深宫自随驾，有何干六军疑讶①。（末）圣谕极明，只是军心已变，如之奈何！（生）卿家②，作速晓谕他，怎狂言没些高下。（内又喊介）（末）陛下呵，听军中恁地喧哗，教微臣怎生弹压③！

（旦哭介）陛下呵！

【耍孩儿】事出非常堪惊诧。已痛兄遭戮，奈臣妾又受波查④。是前生事已定，薄命应折罚。望吾皇急切抛奴罢，只一句伤心话……

（生）妃子且自消停。（内又喊介）不杀贵妃，死不扈驾。（末）臣启陛下：贵妃虽则无罪，国忠实其亲兄，今在陛下左右，军心不安。若军心安，则陛下安矣。愿乞三思。（生沉吟介⑤）

【会河阳】无语沉吟，意如乱麻。（旦牵生衣哭介）痛

---

① 疑讶：怀疑惊讶。　② 卿家：犹言爱卿。旧时皇上对部下的称呼表示亲近器重。　③ 弹压：压服。　④ 波查：波折，艰辛。　⑤ 沉吟：沉思，犹豫不决。

生生怎地舍官家！（合）可怜一对鸳鸯，风吹浪打，直恁的遭强霸！（内又喊介）（旦哭介）众军逼得我心惊唬，（生作呆想，忽抱旦哭介）贵妃，好教我难禁架①！

（众军呐喊上，绕场、围驿下）（丑）万岁爷，外厢军士已把驿亭围了。若再迟延，恐有他变，怎么处？（生）陈元礼，你快去安抚三军，朕自有道理！（末）领旨。（下）（生、旦抱哭介）（旦）

【缕缕金】魂飞颤，泪交加。（生）堂堂天子贵，不及莫愁家②。（合哭介）难道把恩和义，霎时抛下！（旦跪介）臣妾受皇上深恩，杀身难报。今事势危急，望赐自尽，以定军心。陛下得安稳至蜀，妾虽死犹生也。算将来无计解军哗③，残生愿甘罢，残生愿甘罢！

（哭倒生怀介）（生）妃子说那里话！你若捐生，朕虽有九重之尊④，四海之富，要他则甚！宁可国破家亡，决不肯抛舍你也！

①难禁架：难以忍受。　②莫愁：南朝时洛阳的一个普通人家的女子，婚后家庭生活很幸福。梁武帝歌："河中之水向东流，洛阳女儿名莫愁，……十五嫁作卢家妇，十六生儿字阿侯。"　③算将来：算起来。　④九重（chóng 虫）：指天。

【摊破地锦花】任谯哗，我一谜妆聋哑①，总是朕差。现放着一朵娇花，怎忍见风雨摧残，断送天涯。若是再禁加②，拚代你陨黄沙③。

（旦）陛下虽则恩深，但事已至此，无路求生。若再留恋，倘玉石俱焚，益增妾罪。望陛下舍妾之身，以保宗社④。（丑作掩泪，跪介）娘娘既慷慨捐生，望万岁爷以社稷为重，勉强割恩吧。（内又喊介）（生顿足哭介）罢罢，妃子既执意如此，朕也做不得主了。高力士，只得但，但凭娘娘罢！（作哽咽，掩面哭下）（旦朝上拜介）万岁！（作哭倒介）（丑向内介）众军听着，万岁爷已有旨，赐娘娘自尽了。（众内呼介）万岁，万岁，万万岁！（丑扶旦起介）娘娘，请到后边去。（扶旦行介）（旦哭介）

【哭相思】百年离别在须臾，一代红颜为君尽！

（转作到介）（丑）这里有座佛堂在此。（旦作进介）且住，待我礼拜佛爷。（拜介）佛爷，佛爷！念杨玉环呵，

【越恁好】罪孽深重，罪孽深重，望我佛度脱咱。（丑拜介）愿娘娘好处生天⑤。（旦起哭介）（丑跪哭介）娘娘，有甚话儿、分付奴婢几句。（旦）高力士，圣上春

---

① 妆：装。　② 禁加：吵闹逼迫。　③ 陨（yǔn）黄沙：死亡。　④ 宗社：宗庙社稷，指国家。　⑤ 好处生天：平安升天。

秋已高①，我死之后，只有你是旧人，能体圣意，须索小心奉侍。再为我转奏圣上，今后休要念我了。（丑哭应介）奴婢晓得。（旦）高力士，我还有一言。（作除钗、出盒介）这金钗一对，钿盒一枚，是圣上定情所赐。你可将来与我殉葬②，万万不可遗忘。（丑接钗盒介）奴婢晓得。（旦哭介）断肠痛杀，说不尽恨如麻。（末领兵拥上）杨妃既奉旨赐死，何得停留，稽迟圣驾③。（军呐喊介）（丑向前拦介）众军士不得近前，杨娘娘即刻归天了。（旦）唉，陈元礼，陈元礼，你兵威不向逆寇加，逼奴自杀。（军又喊介）（丑）不好了，军士每拥进来了。（旦看介）唉、罢、罢，这一棵梨树，是我杨玉环结果之处了。（作腰间解出白练、拜介）臣妾杨玉环，叩谢圣恩。从今再不得相见了。（丑泣介）（旦作哭缢介）我那圣上啊，我一命儿便死在黄泉下，一灵儿只傍着黄旗下④。

（做缢死下）（末）杨妃已死，众军速退。（众应同下）（丑哭介）我那娘娘呵！（下）（生上）"六军不发无奈何，宛转蛾眉马前死。"⑤（丑持白练上，见生介）启万岁爷，杨娘

①春秋：指人的年岁。　②将来：拿来。　③稽迟：耽误。④一灵儿：指灵魂。黄旗：天子的行踪，这里指李隆基。　⑤"六军"二句：白居易《长恨歌》中的两句。写陈玄礼部下不肯西行，逼迫李隆基先杀杨国忠，后赐杨玉环自尽。

娘归天了。(生作呆不应介)(丑又启介)杨娘娘归天了。自缢的白练在此。(生看大哭介)哎哟,妃子,妃子,兀的不痛杀寡人也①!(丑扶介)(生哭介)

【红绣鞋】当年貌比桃花,桃花;(丑)今朝命绝梨花,梨花②。(出钗盒介)这金钗、钿盒,是娘娘分付殉葬的。(生看钗盒哭介)这钗和盒,是祸根芽。长生殿,恁欢洽,马嵬驿,恁收煞!

(丑)仓卒之间,怎生整备棺椁?(生)也罢,权将锦褥包裹。须要埋好记明,以待日后改葬。这钗盒就系娘娘衣上罢。(丑)领旨。(下)(生哭介)

【尾声】温香艳玉须臾化③,今世今生怎见他!(末上跪介)请陛下起驾。(生顿足恨介)咳,我便不去西川也值甚么④!(内呐喊、掌号、众军上)

【仙吕入双调过曲·朝元令】(丑暗上,引生上马行介)(合)长空雾粘⑤,旌旆寒风刮⑥。长征路淹⑦,队仗黄尘染。谁料君臣,共尝危险。恨贼寇横兴逆

---

① 兀的不:岂不,表示反诘语气。 ② 梨花:这里指梨花树。杨玉环之所以选择梨树作为绝命之处,既取"梨"即"离"的谐音,又取梨花洁白无瑕的意思,以表示自己的无辜。 ③ 温香艳玉:指杨玉环。 ④ 值甚么:算不了什么。 ⑤ 雾粘(nián年):雾气聚集。 ⑥ 旌旆(jīng pèi精配):泛指各色旗帜。 ⑦ 淹:停留。

焰,烽火相兼,何时得将豺虎歼。遥望蜀山尖,回
将凤阙瞻①,浮云数点,咫尺把长安遮掩,长安
遮掩。

翠华西拂蜀云飞②,(章 碣)

天地尘昏九鼎危③。(吴 融)

蝉鬓不随銮驾去④,(高 骈)

空惊鸳鸯忽相随。(钱 起)

【翻译】

（天沉沉,雾漫漫,风萧萧,尘土飞扬,黄土高坡中的
马嵬驿）

（陈元礼引军士上）

陈元礼(唱)：

簇拥军旗紧握武器为君王作前驱,

(合唱)：

为君王作前驱。

陈元礼(唱)：

羽林军护卫着皇上车骑,

① 凤阙:指代皇宫。 ② 翠华:指用翠鸟羽毛装饰的旗
子,为天子所用。 ③ 九鼎:相传夏禹铸九鼎象征九州,三代
时奉为传国之宝。这里代指国家。 ④ 蝉鬓:古代妇女的发
饰,这里代指杨玉环。

（合唱）：

　　护卫着皇上车骑。

陈元礼（唱）：

　　匆匆忙忙避开乱贼踏上征途，

（合唱）：

　　人跋涉，

　　路崎岖。

　　不知何日，

　　才能到成都。

陈元礼（白）：

　　本人是右龙武将军陈元礼。因安禄山造反攻破了潼关，圣上躲避乱兵将到四川去，命俺统领禁卫军护卫车驾。走了一程，早到马嵬驿了。（内擂鼓吆喝）众军为何呐喊？

　　（内答）禄山造反，圣上流离，都因杨国忠滥用职权，激成这场变乱。若不斩了这个贼臣，我们死不护驾。

陈元礼（白）：

　　众军不必喧嚷，暂且安营，等我奏过圣上，自有决定。

　　（内答应，陈元礼引军重唱"人跋涉"四句下）（李隆基和杨玉环骑马，引永新、念奴、高力士走上）

李隆基(唱)：

匆匆地舍弃宫闱，

禁不住珠泪抛洒，

可叹啊！

伴随我只有那冷冷清清半副车驾。

望成都仿佛在遥遥天涯。

渐渐走来渐渐远离京华，

只留下五六块残山剩水，

两三间空房覆盖着破瓦。

高力士(白)：

来这里已是马嵬驿了，请万岁爷暂停车驾。

（李隆基、杨玉环下马，进驿站坐下）

李隆基(白)：

我太糊涂，误宠逆反贼臣，导致这次逃亡，后悔莫及。妃子，只是连累你困乏劳累，这可怎么办？

杨玉环(白)：

臣妾自应跟随皇上，怎敢因劳累推辞不去？只愿早早破除乱贼，皇上重返京城便好。

（内喊）杨国忠专权误国，今又结交吐蕃，我等誓不与此贼同生。要杀杨国忠的，快随我等前去。

（四军士提刀追赶杨国忠上场，绕场奔跑，杀杨国忠，呐喊下）

李隆基(惊疑地)(白)：

　　高力士,外面为何喧嚷？快请陈元礼进来。

高力士(白)：

　　领旨。(传呼)

陈元礼(上见李隆基)(白)：

　　臣陈元礼参见皇上。

李隆基(白)：

　　众军为何呐喊？

陈元礼(白)：

　　臣启告陛下:杨国忠专权招致祸乱,又与吐蕃私下
交结,激怒六军,被军士杀死了。

李隆基(震惊地)(白)：

　　呀,有这等事。(杨玉环转身擦泪,李隆基沉思片
刻)这也罢了,传旨起程。

陈元礼(出门传旨)(白)：

　　圣旨说:赦你们随便杀人之罪,迅速起行。

　　(内又喊)国忠虽被杀,贵妃还在皇上身边。不杀贵
妃,誓不护驾。

陈元礼(见李隆基)(白)：

　　众军说,国忠虽被杀,贵妃还在皇上身边,不肯起
行。愿陛下割恩正法。

李隆基(大惊)(白)：

　　哎呀，这话如何说起？

　　(杨玉环慌忙牵着李隆基的衣服)

李隆基(白)：

　　将军。

(唱)：

　　杨国忠纵然死有余辜，

　　现如今已被强行诛杀。

　　妃子她在深宫独自跟随我的车驾，

　　有何冒犯使众军怀疑惊讶。

陈元礼(白)：

　　圣上的意旨极其明白，只是军心已变，这可怎么办？

李隆基(唱)：

　　爱卿啊，

　　快去明明白白告诉大家，

　　怎能让他们口出狂言没高没下。

　　(内又喊)

陈元礼(唱)：

　　陛下呵，

　　听军中如此喧哗，

　　叫微臣我怎么去弹压！

杨玉环（哭泣）（唱）：

陛下呵！

事情发生得如此突然实在让人惊诧。

己哀痛兄长被杀，

怎想到我又受牵连死罪将加。

这是前生事情安排定，

薄命人我注定该受惩罚。

望皇上快快抛弃我吧，

临死前我只有一句伤心话……

李隆基（白）：

妃子先不要说下去。

（内又喊）不杀贵妃，死不护驾。

陈元礼（白）：

臣启告陛下：贵妃虽然无罪，国忠实是她的亲兄，今
在陛下左右，军心不安。要是军心安，那陛下就平安了。
愿请君王三思。

李隆基（沉思地）（唱）：

无语沉思犹豫不决，

我心如乱麻。

杨玉环（牵李隆基衣服哭泣）（唱）：

痛生生怎能抛舍陛下。

（合唱）：

　　可怜一对鸳鸯，

　　风吹浪打，

　　竟这样遭受强暴欺压。

　　（内又喊）

杨玉环（哭）（唱）：

　　众军逼得我心惊胆战，

李隆基（呆想片刻，忽然抱住杨玉环哭）：

　　贵妃呵，

（唱）：

　　好教我心如刀割难以忍受。

　　（众军呐喊上，绕场、包围驿站后下）

高力士（白）：

　　万岁爷，外面军士已把驿亭包围了。若再迟延，恐
有他变，怎么办？

李隆基（白）：

　　陈元礼，你快去安抚三军，我自有道理！

陈元礼（白）：

　　领旨。

　　（下，李隆基、杨玉环相抱而哭）

杨玉环（唱）：

　　魂飞魄颤，

涕泪交加。

李隆基(唱)：

> 爱妃你把堂堂尊贵的天子嫁，
>
> 不如莫愁女嫁一个普通百姓家。

(合哭)(唱)：

> 难道把恩和义，
>
> 霎时全抛下！

杨玉环(跪下)(白)：

> 臣妾受皇上深恩，杀身难报。如今形势危急，望赐我自尽，以定军心。陛下得以平安到蜀，妾虽死犹生。

(唱)：

> 看起来无计安定军士的喧哗，
>
> 我甘愿把残生作罢，
>
> 甘愿把残生作罢！
>
> (哭倒在李隆基怀里)

李隆基(白)：

> 妃子说哪里话！你若捐出生命，我虽有天那样的尊贵，海那样的财富，要它干什么？宁可国破家亡，决不肯抛舍你！

(唱)：

> 任他们去喧哗，
>
> 我只一味装聋作哑，

总归是我的错差。

现放着一朵娇花,

怎忍见风雨摧残,

把生命断送天涯。

若是他们再逼迫,

我就豁出去代你葬身黄沙。

杨玉环(白):

陛下虽然对我恩情深厚,但事已至此,无路求生。若再留恋不舍,我俩同归于尽,玉石俱焚,就更增加了妾的罪过。望陛下舍弃妾一人,以保住国家。

高力士(擦泪跪下)(白):

娘娘既然情愿慷慨捐生,望万岁爷以国家为重,勉强割恩吧。

(内又喊)

李隆基(跺脚而哭)(白):

算了,算了,妃子既然执意如此,我也做不得主了。

高力士,只得但、但凭娘娘自愿吧!(哽咽、掩面哭下)

杨玉环(朝上拜)(白):

万岁!(哭倒)

高力士(向内)(白):

众军听着,万岁爷已有旨,赐杨娘娘自尽了。

（众内呼）：

　　万岁，万岁，万万岁！

高力士（扶杨玉环起身）（白）：

　　娘娘，请到后边去。（扶杨玉环走）

杨玉环（哭）（唱）：

　　人生死别在此刻，

　　一代红颜为君绝。

　　（转身到佛堂前）

高力士（白）：

　　这里有座佛堂。

杨玉环（进佛堂内）（白）：

　　暂停一下，待我行礼参拜佛爷。（拜）佛爷，佛爷！

念杨玉环呵，

（唱）：

　　罪孽深重，

　　罪孽深重，

　　望我佛把我度脱。

高力士（拜）（白）：

　　愿娘娘平安升天。（杨玉环起身哭、高力士跪哭）娘娘，有什么话儿，请吩咐奴婢几句。

杨玉环（白）：

　　高力士，圣上年事已高，我死之后，只有你是跟随陛

下的旧人，能够体察圣上的意思，一定要小心侍奉。再
为我转奏圣上，今后休要念我了。

高力士（哭着答应）（白）：

奴婢晓得。

杨玉环（白）：

高力士，我还有一句话。（取下金钗、拿出钿盒）这
金钗一对，钿盒一枚，是圣上与我定情时所赐。你可拿
来与我殉葬，万万不可遗忘。

高力士（接过钗盒）（白）：

奴婢晓得。

杨玉环（哭）（唱）：

痛断肝肠，

说不尽愁和恨心乱如麻。

陈元礼（领军拥上）（白）：

杨妃既奉旨赐死，怎么能够停留，耽误圣驾行程。

（军呐喊）

高力士（向前拦住）（白）：

众军士不得近前，杨娘娘即刻归天了。

杨玉环（白）：

唉，陈元礼，陈元礼！

（唱）：

你军威不向叛贼施加，

却来逼我自杀。

（军又喊）

高力士（白）：

不好了，军士们拥进来了。

杨玉环（看一下）（白）：

唉，算了，算了，这一株梨树，是我杨玉环结束生命的地方了。（腰间解出白练，拜）臣妾杨玉环拜谢圣上深恩。从今再不得相见了。（高力士哭泣，杨玉环哭着上吊）

我那圣上啊，

（唱）：

我一命儿便死在黄泉下，

我的灵魂永远只依傍在您的黄旗下。（吊死下）

陈元礼（白）：

杨妃已死，众军速退。

（众答应同下）

高力士（哭）（白）：

我那娘娘啊！（下）

李隆基（上）（念）：

"六军不发无奈何，宛转娥眉马前死。"

高力士（持白练上，见李隆基）（白）：

启告万岁爷，杨娘娘归天了。（李隆基发呆不应，高力士又启告)杨娘娘归天了。自缢的白练在此。

李隆基(看后大哭)(白)：

　　哎哟,妃子,妃子,怎不痛杀我呀!(倒下,高力士扶起,李隆基哭)

(唱)：

　　当年你貌比桃花,

　　桃花,

高力士(唱)：

　　今日你命绝梨花,

　　梨花。

(拿出金钗、钿盒)(白)：

　　这金钗、钿盒,是娘娘吩咐殉葬的。

　　(李隆基看钗盒)

李隆基(唱)：

　　这金钗和钿盒,

　　是惹祸的根芽。

　　长生殿,

　　是那般欢乐融洽;

　　马嵬驿,

　　却这样惨痛收煞。

高力士(白)：

　　仓促之间,怎么准备棺材?

李隆基(白)：

　　也罢，权且拿锦缎褥子包裹，但必须埋好记明，以待日后改葬。这钗盒就系在娘娘衣上罢了。

高力士(白)：

　　领旨。(下)

李隆基(哭)(唱)：

　　温香艳玉顷刻亡化，

　　今生今世怎能再见她。

陈元礼(上场跪下)(白)：

　　请陛下起驾。

李隆基(跺脚，愤恨地)(唱)：

　　我便不去四川也没什么！

　　(内呐喊，吹号，众军上)(高力士暗上，引李隆基上马行走)

(合唱)：

　　长空雾漫漫，

　　旌旗颤动在寒风间。

　　长征步缓慢，

　　队前仪仗被黄尘染。

　　谁料想君和臣，

　　共尝危险。

　　恨贼寇横生叛逆气焰，

燃起这战火烽烟,

何时才得将豺狼虎豹全歼。

遥望见蜀山尖尖,

回头看昔日的宫殿,

浮云数点,

仿佛近在咫尺,

雾霭已把长安遮掩,

长安遮掩。

（念）：

翠华西拂蜀云飞,

天地尘昏九鼎危。

蝉鬓不随銮驾去,

空惊鸳鹭忽相随。

闻　铃

　　本出为原作第二十九出。作品写李隆基逃
亡途中,行至剑阁,听到树林中雨声和着檐前的
铃铎随风而响,深感伤情。淅淅零零的铃声和
着冷雨斜风,高响低鸣,伴着他流不尽的泪水,
更引起他对杨玉环的刻骨思念。他后悔马嵬坡
发生的事变中辜负了爱妃,他痛感失去杨玉环
后的孤寂和哀伤。本出抒情色彩极浓,作者在
曲中不仅描绘了蜀道的艰难、阴云的黯淡、哀猿
的鸣叫、杜鹃的悲啼,而且着力抒发了招魂去国
愁难罄的李隆基的凄苦心境。曲词缠绵哀怨,
凄切动人。

（丑内叫介）军士每趱行①，前面伺候。（内鸣锣·应介）（丑）万岁爷，请上马。（生骑马，丑随行上）

【双调近词·武陵花】万里巡行②，多少悲凉途路情。看云山重叠处，似我乱愁交并。无边落木响秋声，长空孤雁添悲哽。寡人自离马嵬，饱尝辛苦。前日遣使臣赍奉玺册③，传位太子去了④。行了一月，将近蜀中。且喜贼兵渐远，可以缓程而进。只是对此鸟啼花落，水绿山青，无非助朕悲怀。如何是好！（丑）万岁爷，途路风霜，十分劳顿。请自排遣，勿致过伤。（生）唉，高力士，朕与妃子，坐则并几，行则随肩。今日仓卒西巡，断送他这般结果，教寡人如何撇得下也！（泪介）提起伤心事，泪如倾。回望马嵬坡下，不觉恨填膺⑤。（丑）前面就是栈道⑥，请万岁爷挽定丝缰，缓缓前进。（生）袅袅旗旌，背残日，风摇影。匹马崎岖怎暂停⑦，怎暂停！只见阴云黯

---

① 趱（zǎn攒）行：快走。　② 巡行：原指巡视天下，此指逃奔。　③ 赍（jì记）奉玺（xǐ洗）册：送传诏书。赍，送物给人。玺册，玺书，古代封口处盖有印信的文书。秦以后专指皇帝的诏书。玺，秦以后专指皇帝的印。　④ 太子：指李亨，天宝十五年七月李亨在灵武即皇帝位。　⑤ 膺：胸。　⑥ 栈道：在悬崖上用木头架成的道路。　⑦ 匹马：喻失去杨妃的孤单。

淡天昏暝，哀猿断肠①，子规叫血②，好教人怕听。兀的不惨杀人也么哥③，兀的不苦杀人也么哥！萧条恁生，峨眉山下少人经，冷雨斜风扑面迎。

（丑）雨来了，请万岁爷暂登剑阁避雨。（生作下马、登阁坐介）（丑作向内介）军士每，且暂驻扎，雨住再行。（内应介）（生）"独自登临意转伤，蜀山蜀水恨茫茫。不知何处风吹雨，点点声声迸断肠。"（内作铃响介）（生）你听那壁厢，不住的声响，聒的人好不耐烦。高力士，看是甚么东西。（丑）是树林中雨声，和着檐前铃铎④，随风而响。（生）呀，这铃声好不做美也！

【前腔】淅淅零零⑤，一片凄然心暗惊。遥听隔山隔树，战合风雨，高响低鸣。一点一滴又一声，一点一滴又一声，和愁人血泪交相迸。对这伤情处，转自忆荒茔⑥。白杨萧瑟雨纵横⑦。此际孤魂凄冷。鬼火光寒⑧，草间湿乱萤⑨。只悔仓皇负了卿⑩，负了

---

① 哀猿断肠：形容极度悲痛。 ② 子规：杜鹃鸟。相传是蜀王杜宇死后所化。叫血：啼血。子规鸟终日啼叫，以致于口中滴出血来。 ③ 兀的：这。也么哥：语气词。 ④ 铃铎：大铃。 ⑤ 淅淅：雨声。零零：铃声。 ⑥ 茔（yíng营）：墓地。 ⑦ 萧瑟：凄凉。 ⑧ 鬼火：磷火，夜间在野地里看到的白色带蓝绿色的火焰，是人和动物的尸体腐烂时分解出磷化氢并自动燃烧时出现的现象。 ⑨ 萤：萤火虫。 ⑩ 仓皇：匆忙，慌张。

卿！我独在人间,委实的不愿生。语娉婷①,相将早晚伴幽冥②,一怹空山寂,铃声相应,阁道峻嶒③,似我回肠恨怎平!

(丑)万岁爷且免愁烦。雨止了,请下阁去罢。(生作下阁、上马介,丑向内介)军士每,前面起驾。(众内应介)(丑随生行介)(生)

【尾声】迢迢前路愁难罄④,招魂去国两关情⑤。

(合)望不尽雨后尖山万点青。

> 剑阁连山千里色,(骆宾王)
>
> 离人到此倍堪伤。(罗　邺)
>
> 空劳翠辇冲泥雨,(秦韬玉)
>
> 一曲淋铃泪数行。(杜　牧)

【翻译】

（李隆基西逃途中一个风寒雨冷的日子,崇山峻岭中的蜀地剑阁）

高力士（在内叫喊）：

军士们快走,前面伺候。（内鸣锣,应声）万岁爷,请

---

① 语娉婷(pīng tíng 乒停):形容女子体态优美,此代指杨贵妃。　② 相将:相互搀扶。　③ 峻嶒(céng 层):形容山高。　④ 罄(qìng 庆):尽,用尽。　⑤ 招魂:招死者灵魂。指心系杨贵妃之死。

上马。

李隆基(骑马,高力士跟在旁边,上)(唱):

　　万里逃奔,

　　路途中多少悲伤凄凉情!

　　看那耸入云端的山峰重重叠叠处,

　　好似我离乱的愁绪交汇成。

　　无边无际的落叶回响着萧瑟秋声,

　　长空孤雁哀鸣更添我的悲情。

(白):

　　我自从离开马嵬驿,饱尝辛苦。前日派遣使臣送传诏书,传位太子去了。走了一月,将近蜀中。且喜离贼兵渐远,可以缓程而进。只是对着这鸟啼花落,水绿山青的景致,无非更添我悲哀的情怀。如何是好!

高力士(白):

　　万岁爷,路途风风雨雨,十分劳累困乏,请自己放宽心,排遣愁情,不要过于悲伤。

李隆基(白):

　　唉,高力士,我与妃子,坐则并排小桌前,行则肩并肩。今日仓促西逃,将她断送,弄成了这般结果,教我如何丢得下啊!

李隆基(唱):

　　提起伤心的往事,

不禁泪如泉涌。

回望马嵬坡下，

不由得恨填胸。

高力士（白）：

前面就是栈道了，请万岁爷拉稳马缰绳，缓缓前进。

李隆基（唱）：

轻轻飘动的旗旌，

背衬着夕阳落日，

寒风中摇曳那长长的暗影。

人孤单，路崎岖，怎能暂停！

怎能暂停！

阴云暗淡天色黄昏，

哀鸣的猿声使人断肠，

杜鹃鸟啼血好教人怕听。

这好不惨杀人啊，

这好不苦杀人啊！

这情景多么寂寞冷清，

峨眉山下少有人行，

只有那阵阵冷雨斜风扑面迎。

高力士（白）：

雨来了，请万岁爷暂登剑阁避雨。（李隆基下马，坐阁内，高力士向内喊）军士们，暂时住下，雨停了再走。

（内应声）

李隆基（白）：

"独自登临意转伤，蜀山蜀水恨茫茫，不知何处风吹雨，点点声声进断肠。"（内铃响）你听那边，不停地在响，吵得人好不耐烦。高力士，看看是什么东西？

高力士（白）：

是树林中雨声和着亭檐前铃铛，随风而响。

李隆基（白）：

呀，这铃声好不作美呀！

（唱）：

淅淅沥沥丁丁零零，

一片凄凉景使我心暗惊。

听远处隔山隔树，

风声雨声铃声相交并，

高响低鸣。

一点一滴又一声，

一点一滴又一声，

和愁人血泪交相迸。

对着这伤心地，

想起那荒野的孤坟。

坟边的白杨树在风中萧萧响，

在雨里湿淋淋。

此刻爱妃她的孤魂必定凄凉寒冷。

坟地里鬼火闪寒光，

湿草间明灭乱飞萤。

我悔恨万千呵！

悔只悔仓皇中辜负了我的爱卿，

辜负了我的爱卿！

我独自在人间，

实在不愿偷生。

爱妃啊，告诉你，

早晚我们要相伴在幽冥。

我痛哭一声，

山林空旷寂静，

只有那铃声相呼应。

剑阁的道路高峻崎岖，

就像我的愁肠悔恨难平。

高力士（白）：

万岁爷暂且消去愁烦。雨止了，请下阁去吧。（李隆基下阁，上马，高力士向内喊）军士们，前面起程。

（众内应，高力士随李隆基行走）

李隆基（唱）：

前面的路程遥遥无尽，

像我的忧愁绵绵无穷，

爱妃惨死,我逃离京城,

总牵动我的悲情。

(合唱):

望不尽雨后尖山万点青。

李隆基(念):

剑阁连山千里色,

离人到此倍堪伤。

空劳翠辇冲泥雨,

一曲淋铃泪数行。

情　悔

　　本出为原作第三十出。作品写杨玉环的鬼魂在月淡星寒之夜对天哀祷。她忏悔自己"在生所为，那一桩不是罪案。况且弟兄姊妹，挟势弄权，罪恶滔天，总皆由我"。希望得到上天的宽恕。但她"只有一点那痴情，爱河沉未醒"。对此她没有一丝悔意，她不指望成仙，只愿仍延续钗盒情缘。作者这样处理，是为了让杨玉环"一悔能教万孽清"，换来人们对李、杨爱情悲剧的同情。作者歌颂了杨玉环对生死不渝的理想爱情的执著追求。

　　本出把杨玉环鬼魂写得时隐时现，随风窣窣，痴情不变，哀哀怨怨，与《闻铃》出连接，形成全剧的一个感情高潮,有着强烈的感染力量。

【仙吕入双调·普贤歌】(副净上)马嵬坡下太荒凉,土地公公也气不扬①。祠庙倒了墙,没人烧炷香,福礼三牲谁祭享②!

小神马嵬坡土地是也,向来香火颇盛。只因安禄山造反,本境人民尽皆逃散。弄得庙宇荒凉,香烟断绝。目今野鬼甚多,恐怕出来生事,且往四下里巡看一回。正是"只因神倒运,常恐鬼胡行"。(虚下)(魂旦上)

【双调引子·捣练子】冤叠叠,恨层层,长眠泉下几时醒③? 魂断苍烟寒月里,随风窣窣度空庭④。

"一曲霓裳逐晓风,天香国色总成空。可怜只有心难死,脉脉常留恨无穷。"奴家杨玉环鬼魂是也。自从马嵬被难⑤,荷蒙岳帝传敕⑥,得栖以魂驿舍,免堕冥司⑦。(悲介)我想生前与皇上在西宫行乐,何等荣宠! 今一旦红颜断送,白骨冤沉,冷驿荒垣,孤魂淹滞。你看月淡星寒,又早黄昏时分,好不悽惨也!

---

① 土地公公:民间传说中主管一个小地区的神,也叫土地爷或土地老。 ② 福礼:祭神的礼品。三牲:指用来祭神的猪、牛、羊。 ③ 泉:黄泉。 ④ 窣(sū 苏)窣:形容细小的摩擦声。 ⑤ 被难:遭难。 ⑥ 荷蒙:承蒙。岳帝:东岳大帝。 ⑦ 冥司:迷信传说中人死后进入的世界,即阴间。

【过曲·三仙桥】古驿无人夜静,趁微云,移月暝,潜潜趒趒①,暂时偷现影。魆地间心耿耿②,猛想起我旧丰标③,教我一想一泪零④。想,想当日那态娉婷,想,想当日那妆艳靓⑤,端得是赛丹青描成⑥,画成。那晓得不留停,早则饥寒肉冷。(悲介)苦变做了鬼胡由⑦,谁认得是杨玉环的行径⑧!

(泪介)(袖出钗盒介)这金钗、钿盒,乃皇上定情之物,已从墓中取得。不免向月下把玩一回。(副净潜上,指介)这是杨贵妃鬼魂,且听她说些什么。(背立听介)(旦看钗盒介)

【前腔】看了这金钗儿双头比并,更钿盒同心相映。只指望两情坚如金似钿,又怎知翻做断绠⑨。若早知为断绠,枉自去将他留下了这伤心把柄。记得盒底夜香清,钗边晓镜明。有多少欢承爱领。(悲介)但提起那恩情,怎教我重泉目暝⑩!

---

① 趒(duó 夺)趒:走走。 ② 魆(xū 虚):黑暗。耿耿:形容有心事。 ③ 丰标:丰姿美貌。 ④ 零:落。 ⑤ 靓(jìng 静):妆饰,打扮。 ⑥ 端得:的确,委实。丹青:绘画用的颜料。此指绘画。 ⑦ 鬼胡由:鬼胡行。指魂魄游荡不定。 ⑧ 行径:这里指体貌。 ⑨ 绠(gěng 耿):汲水用的绳子。 ⑩ 重泉:九泉,深深的地下,这里指阴间。

【哭介】苦只为钗和盒，那夕的绸缪①，翻成做杨玉环这些时的悲哽。

（副净背听，作点头介）（旦）咳，我杨玉环，生遭惨毒，死抱沉冤。或者能悔前愆，得有超拔之日，也未可知。且住，（悲介）只想我在生所为，那一桩不是罪案。况且弟兄姊妹，挟势弄权，罪恶滔天，总皆由我，如何忏悔得尽！不免趁此星月之下，对天哀祷一番。（对天拜介）

【前腔】对星月发心至诚，拜天地低头细省②。皇天、皇天！念杨玉环呵，重重罪孽，折罚来遭祸横，今夜呵，忏愆尤③，陈罪眚④，望天天高鉴⑤，宥我垂证明⑥。只有一点那痴情，爱河沉未醒。说到此悔不来，惟天表证⑦，纵冷骨不重生，拼向九泉待等⑧。那土地说，我原是蓬莱仙子，谴谪人间⑨。天呵，只是奴家恁般业重⑩。敢仍望做蓬莱座的仙班，只愿还杨玉环旧日的匹聘⑪。

（副净）贵妃，吾神在此。（旦）原来是土地尊神。

---

① 那夕：指定情那一夜。事见第二出。绸缪（móu 谋）：情意缠绵。　② 省（xǐng 醒）：反省。　③ 愆（qiān 千）尤：罪过。　④ 眚（shěng 省）：过错。　⑤ 高鉴：在高处仔细看。鉴，审察。　⑥ 宥（yòu 又）：饶恕。　⑦ 表证：作证。　⑧ 九泉：同"重泉"。　⑨ 谴谪（zhé 哲）：贬到。　⑩ 业：同"孽"，罪过。⑪ 匹聘：夫妻。

（副净）

【越调过曲·忆多娇】我趁月明，独夜行。见你拜祷深深、仔细听，这一悔能教万孽清。管感动天庭，感动天庭，有日重圆旧盟。

（旦）多蒙尊神鉴悯，只怕奴家呵①，

【前腔】（旦）业障萦②，凤慧轻③。今夕徒然愧悔生，泉路茫茫隔上清④。说起伤情，说起伤情，只落得千秋恨成。

（副净）贵妃不必悲伤，我今给发路引一纸⑤。千里之内，任你魂游便了。（作付路引介）听我道来，

【斗黑麻】（副净作付路引介）听我道来，你本是蓬莱籍中有名，为堕落皇宫，痴魔顿增⑥。欢娱过，痛苦经，虽谢尘缘，难返仙庭，喜今宵梦醒，教你逍遥择路行。莫恋迷途，莫恋迷途，早归旧程⑦。

【前腔】（旦接路引谢介）深谢尊神，与奴指明。怨鬼愁魂，敢望仙灵！（背介）今后呵，随风去，信路行⑧。荡荡悠悠，日隐宵征⑨。依月傍星，重寻钗盒盟。还

---

① 鉴悯：体恤怜悯。奴家：旧时女子的自称。　② 业障：即孽障。罪恶。　③ 凤慧：前世所做的善事。　④ 上清：上天。　⑤ 路引：相当于人间的通行证。　⑥ 痴魔：痴情。　⑦ 旧程：杨玉环本是蓬莱仙籍中有名，这里旧程指仙境。　⑧ 信：随意、任凭。　⑨ 宵征：夜晚出行。

怕相逢,还怕相逢,两心痛增。

(副净)吾神去也。

(旦)晓风残月正潸然①,(韩　琮)

(副净)对影闻声已可怜。(李商隐)

(旦)昔日繁华今日恨,(司空图)

(副净)只应寻访是因缘。(方　干)

【翻译】

(一个月淡星寒的黄昏、夜晚,荒凉破旧的马嵬驿站内)

土地神(上)(唱):

> 马嵬坡下太荒凉,
>
> 土地公公啊气不扬。
>
> 祠庙倒了墙,
>
> 没有人来烧炷香,
>
> 谁会祭献三牲礼品供我享。

(白):

小神是马嵬坡土地爷,向来香火很盛。只因安禄山造反,本地百姓全都逃散。弄得庙宇荒凉破败,敬神的香烟断绝。如今野鬼甚多,恐怕出来生事,暂且往四周

---

① 潸(shān 珊)然:流泪的样子。

巡看一回。正是："只因神倒运,常怕鬼胡行。"(虚下)

杨玉环魂(上)(唱):

> 我的冤孽叠叠,
>
> 我的怨恨层层,
>
> 长眠地下何时醒?
>
> 一缕断魂游荡在寒月青烟里,
>
> 随风飘动窣窣响,
>
> 跃过空空的院庭。

(念):

> "一曲霓裳逐晓风,天香国色总成空。可怜只有心难死,脉脉常留恨无穷。"

(白):

> 奴家是杨玉环的鬼魂。自从马嵬驿遇难,承蒙东岳大帝传令,我的魂灵得以住进驿站房内,免入阴间地府。(悲痛地)我想起生前与皇上在西宫行乐,何等荣光恩宠!今日一旦红颜命断,白骨沉冤,墙倒屋塌、冷落荒凉的驿站,成了我孤魂长久滞留的地方。你看月淡星寒,又到黄昏时分,好不凄惨啊!

(唱):

> 古旧的驿站夜静无人,
>
> 趁着这薄云飘浮、月色昏暝,
>
> 我且藏藏走走,

偷现身影。

黑暗处,心潮难平。

猛想起我旧日的丰姿美貌,

真叫人一回想一回泪零。

想呵想,

想当日体态柔美轻盈。

想呵想,

想当日妆扮艳丽鲜明,

——真个是赛过彩笔描画成。

哪知道不能在人间长久停留,

到而今早已是饥寒肉冷,

(悲痛地)

多么凄苦啊!

我变成了孤魂东游西荡,

谁还认得是杨玉环原来的身影。

(流泪,从袖中拿出钗盒)

(白):

　　这金钗、钿盒,是皇上给我的定情信物,已从墓中取出。不免在月光下拿着赏玩一回。

土地神(暗上,指着杨玉环魂)(白):

　　这是杨贵妃鬼魂,且听她说些什么。(背立暗听)

杨玉环魂(看钗、盒)(唱):

看了这金钗儿双头比并，

再看这钿盒儿同心相映。

只指望我和他两情坚定，

如金钗似钿盒永远成双，

又怎知变做了打水的断绳。

若早知终为断绳，

又何必枉自去让他留下了这伤心物证。

曾记得钿盒里夜散清香，

对晓镜插金钗光华不定，

品味了多少恩爱欢情。

（悲伤地）

只要提起那恩情，

怎教我黄泉之下闭上眼睛。

（痛哭）

苦啊！

只为这钗和盒，

只为那恩恩爱爱缠缠绵绵定情之夜，

造成了我杨玉环这些时日的哽咽悲情。

（土地神背听、点头）

杨玉环魂（白）：

咳，我杨玉环，生遭惨祸，死抱沉冤，或者能忏悔从前罪过，得有超生之日，也未可知。且慢，（悲痛地）只想我在生所为,哪一桩不是罪案。况且弟兄姊妹,仗势弄权,罪恶滔天,全都因为我的缘故,如何忏悔得尽! 不免趁此星月之下,对天哀祷一番。

(对天拜求)(唱):

　　对星月我发誓至诚,

　　拜天地我低头仔细反省。

(白):

　　皇天! 皇天! 可怜杨玉环呵,

(唱):

　　重重罪孽,

　　换来惩罚遭祸横。

　　今夜呵,

　　我忏悔罪过,

　　陈述罪行,

　　望苍天明鉴,

　　请宽恕我的过错,

　　为我作证。

　　只有那一点痴情,

　　在爱河里沉醉未醒。

　　说到此我不后悔,

　　也唯有天作证。

　　纵然我这冷骨不再生,

我也豁出去在黄泉把他等。

（白）：

那土地神说，我原是蓬莱仙子，被贬到人间。天呵，只是奴家罪孽这般重。

（唱）：

哪还敢指望去做蓬莱座中的仙子，

只愿还杨玉环我那旧日的夫妻恩情。

土地神（白）：

贵妃，我神在此。

杨玉环魂（白）：

原来是土地尊神。

土地神（唱）：

我趁着月明，独自夜行。

见你拜求祈祷满怀深情，

仔细倾听，

你这一悔能教万种罪孽清。

定能感动天庭，

感动天庭，

总有一日你们能重新团圆实现旧盟。

杨玉环魂（白）：

多蒙尊神怜悯。只怕奴家呵，

（唱）：

罪恶缠身，

前世又少有善行。

今晚徒然地忏悔一生，

要会他啊，只怕是黄泉路漫长无尽，

阴间天上隔着一层又一层。

说起来便伤情，

说起来便伤情，

只落得千秋遗恨永铸成。

土地神（白）：

贵妃不必悲伤，我今发给你一张路引。千里之内，
任你的魂魄游荡就是了。（发给路引）听我道来，

（唱）：

你本是蓬莱仙籍中有芳名，

为有过错被贬入人间皇宫，

致使痴情顿时猛增。

过分欢娱，

反受痛苦，

虽然离开了人世，

却难以重返蓬莱仙境。

可喜的是你今宵梦醒，

我就教你自由自在地择路行。

莫留恋迷途，

莫留恋迷途，

早归仙山旧路程。

杨玉环魂（接过路引致谢）（唱）：

深深感谢尊神，

与奴把前因后果指明。

我这怨鬼愁魂，

岂敢指望成为仙灵！

（白）：（背过土地神）

今后呵，

（唱）：

随风飘，

任意行，

荡荡悠悠，

白天隐藏夜里出行。

依月傍星，

重去寻找那送钗盒的人儿旧日盟。

却又怕相逢，

又怕相逢，

两心悲痛倍增。

土地神（白）：

吾神去也。

杨玉环（念）：

　　晓风残月正潸然，

土地神（念）：

　　对影闻声已可怜。

杨玉环（念）：

　　昔日繁华今日恨，

土地神（念）：

　　只应寻访是因缘。

哭　像

　　本出为原作第三十二出。李隆基避兵成
都，唐肃宗李亨在灵武即皇帝位，李隆基为上
皇，特命成都府为杨玉环建了一座庙，又选高手
匠人用檀香木雕成杨玉环的生像，他亲自送入
庙中供养。本出写李隆基送杨贵妃生像入庙，
焚帛、酹酒的过程。作品通过李隆基对着神像
哭诉，展示了他孤凄悲愁的心境。他悔恨自己
葬送了爱妃又草草埋葬，辜负了她的爱情；又痛
恨安史乱军及陈元礼逼死了贵妃，使自己落到
如此凄惨的地步。他希望早日为杨玉环改葬并
与她同穴共葬，变成一株冢边连理树，化作一对
墓顶鸳鸯。

作者对李隆基的心理刻划极为细致,有回忆,有祝祷,有现实感受,有幻觉冥想,随着意识流动,真实地表现了主人公的悲悼情绪。曲词本色、流畅。其中[叨叨令]一曲,运用叠字,节奏急促,再现了马嵬兵变的紧张气氛。

(生上)"蜀江水碧蜀山青,赢得朝朝暮暮情。但恨佳人难再得,岂知倾国与倾城。"寡人自幸成都,传位太子,改称上皇。喜的郭子仪兵威大振,指日荡平。只念妃子为国捐躯,无可表白,特敕成都府建庙一座。又选高手匠人,将旃檀香雕成妃子生像①。命高力士迎进宫来,待寡人亲自送入庙中供养。敢待到也。(叹科)咳,想起我妃子呵。

【正宫端正好】是寡人昧了他誓盟深,负了他恩情广,生拆开比翼鸾凰。说甚么生生世世无抛漾②,早不道半路里遭魔障③。

【滚绣毬】恨寇逼的慌,促驾起的忙。点三千羽林兵

---

① 旃(zhān 沾)檀香:檀香木。生像:生前的模样。 ② 抛漾:抛弃。 ③ 早不道:却不料。魔障:佛教用语,恶魔所设的障碍。

将,出延秋①,便沸沸扬扬②。甫伤心第一程③,到马嵬驿舍傍。猛地里爆雷般齐呐起一声的喊响,早子见铁桶似密围住四下里刀枪④。恶噷噷单施逞着他领军帅威能大⑤,眼睁睁只逼拶的俺失势官家气不长⑥,落可便手脚慌张⑦。恨只恨陈元礼呵。

【叨叨令】不催他车儿马儿,一谜家延延挨挨的望⑧;硬执着言儿语儿⑨,一会里喧喧腾腾的谤;更排些戈儿戟儿,一哄中重重叠叠的上;生逼个身儿命儿,一霎时惊惊惶惶的丧。(哭科)兀的不痛杀人也么哥,兀的不痛杀人也么哥!闪的我形儿影儿,这一个孤孤凄凄的样。寡人如今好不悔恨也!

【脱布衫】羞杀咱掩面悲伤,救不得月貌花庞。是寡人全无主张,不合呵将他轻放⑩。

【小梁州】我当时若肯将身去抵搪⑪,未必他直犯君王;纵然犯了又何妨,泉台上⑫,倒博得永成双。

【幺篇】如今独自虽无恙,问余生有甚风光!只落得

---

① 延秋:延秋门,长安皇宫的西门。 ② 沸沸扬扬:比喻像沸腾的水一样喧闹,吵嚷。 ③ 甫:刚刚。 ④ 早子见:早只见。 ⑤ 噷(hm)噷:叹词,表示申斥或不满意。 ⑥ 逼拶(zā 扎):逼迫。 ⑦ 落可:虚词,无义。 ⑧ 一谜家:一味地。 ⑨ 硬执着:硬拿着。 ⑩ 不合:不该。 ⑪ 抵搪:抵挡搪塞。 ⑫ 泉台:即泉下,泉壤。旧指人死后埋葬之处。

泪万行,愁千状!(哭科)我那妃子呵,人间天上,此恨怎能偿!

(丑同二宫女、二内监捧香炉、花幡①,引架抬杨妃像、鼓乐行上)(丑见生科)启万岁爷,杨娘娘宝像迎到了。(生)快迎进来波。(丑)领旨。(出科)奉旨:宣杨娘娘像进。(宫女)领旨。(做抬像进、对生,宫女跪,扶像略俯科)杨娘娘见驾。(丑)平身。(宫女起科)(生起立对像哭科)我那妃子呵。

【上小楼】别离一向,忽看娇样。待与你叙我冤情,说我惊魂,话我愁肠……(近前叫科)妃子,妃子,怎不见你回笑庞,答应响,移身前傍。(细看像,大哭科)呀,原来是刻香檀做成的神像②!

(丑)銮舆已备,请万岁爷上马,送娘娘入庙。(架扮校尉,瓜、旗、伞、扇,銮驾队子上)(生)高力士传旨,马儿在左,车儿在右,朕与娘娘并行者。(丑)领旨。(生上马校尉抬像,排队引行科)(生)。

【幺篇】谷碌碌凤车呵紧贴着行③,袅亭亭龙鞭呵相对着扬④。依旧的辇儿厮并⑤,肩儿齐亚⑥,影儿成

---

① 幡:幡旗,是挑起来直着挂的长条形旗子,用于神佛和死人。 ② 香檀:檀香木,又名旃檀。 ③ 谷碌碌:咕隆隆,车轮滚动的声音。 ④ 袅亭亭:柔软细长的样子。 ⑤ 辇:皇帝和后妃乘坐的车。 ⑥ 齐亚:齐并。

双。情暗伤，心自想。想当时联镳游赏①，怎到头来刚做了恁般随倡②！

（到科）（丑）到庙中了，请万岁爷下马。（生下马科）内侍每，送娘娘进庙去者。（銮驾队子下）（内侍抬像、同宫女、丑随生进，生做入庙看科）

【满庭芳】我向这庙里抬头觑望，问何如西宫南苑③，金屋辉光？那里有鸳帏、绣幕、芙蓉帐，空则见颤巍巍神幔高张④，泥塑的宫娥两两，帛装的阿监双双⑤。剪簇簇幡旌扬，招不得香魂再转⑥，却与我摇曳吊心肠⑦。

（生前坐科）（丑）吉时已届⑧，候旨请娘娘升座。（生）宫人每，伏侍娘娘升座者。（宫女应科）领旨。（内细乐，宫女扶像对生、如前略俯科）杨娘娘谢恩。（丑）平身。（生起立、内鼓乐、众扶像上座科）（生）

【快活三】俺只见宫娥每簇拥将，把团扇护新妆。犹错认定情初，夜入兰房⑨。（悲科）可怎生冷清清独

---

①镳（biāo 标）：马嚼子的两端露出嘴外的部分。这里指马。联镳，并马。 ②随倡：随唱，夫唱妇随。 ③西宫南苑：指嫔妃住所。 ④神幔：神像前的幕布。 ⑤阿监：宫中的女官。 ⑥招：招回。香魂：指杨玉环的灵魂。 ⑦摇曳（yè 夜）：摇荡。 ⑧届：到。 ⑨兰房：女子的住房。

坐在这彩画生绡帐①！

（丑）启万岁爷，杨娘娘升座毕。（生）看香过来。（丑跪奉香，生拈香科）

【朝天子】爇腾腾宝香②，映莹莹烛光，猛逗着往事来心上③。记当日长生殿里御炉傍，对牛女把深盟讲。又谁知信誓荒唐④，存殁参商⑤！空忆前盟不暂忘。今日呵，我在这厢，你在那厢，把着这断头香在手添凄怆。

高力士看酒过来，朕与娘娘亲奠一杯者。（丑奉酒科）初赐爵⑥。（生捧酒哭科）

【四边静】把杯来擎掌，怎能够檀口还从我手里尝⑦。按不住凄惶，叫一声妃子也亲陈上。泪珠儿溶溶满觞⑧，怕添不下半滴葡萄酿。

（丑接杯献座科）（生）我那妃子呵，

【耍孩儿】一杯望汝遥来享，痛煞煞古驿身亡。乱军

---

① 绡帐：生丝织成的神帐。绡，生丝。 ② 爇（ruò 弱）：点燃，焚烧。 ③ 猛逗着：猛引起。 ④ 信誓：誓言。 ⑤ 存殁（mò 末）：生死。参商：指参星和商星。这两颗星不能同时出现在天空中，因此常用来比喻亲情相隔不能见面。 ⑥ 初赐爵：敬给第一杯酒。爵，酒杯，这里指酒。 ⑦ 檀口：浅红色的嘴唇。此指杨玉环的红唇。檀，浅红色。 ⑧ 溶溶：流动的样子。

中抔土便埋藏①，并不曾瀽半碗凉浆②。今日呵，恨不诛他肆逆三军众③，祭汝含酸一国殇④。对着这云帏像⑤，空落得仪容如在，越痛你魂魄飞扬。

（丑又奉酒科）亚赐爵。（生捧酒哭科）

【五煞】碧盈盈酒再陈、黑漫漫恨未央，天昏地暗人痴望。今朝庙宇留西蜀，何日山陵改北邙⑥。（丑又接杯献座科）（生哭科）寡人呵，与你同穴葬，做一株冢边连理⑦，化一对墓顶鸳鸯。

（丑又奉酒科）终赐爵。（生捧酒科）

【四煞】奠灵筵礼已终，诉衷情话正长。你娇波不动⑧，可见我愁模样？只为我金钗钿盒情辜负，致使你白练黄泉恨渺茫。（丑接杯献科）（生哭科）向此际捶胸想，好一似刀裁了肺腑，火烙了肝肠。

（丑、宫女、内侍俱哭科）（生看像惊科）呀，高力士，你看娘娘的脸上，兀的不流出泪来了。（丑同宫女看科）呀，神像之上，果然满面泪痕。奇怪，奇怪！（生哭科）哎呀，

---

① 抔（póu 培）：一捧。　② 瀽（jiǎn 简）：倾倒。凉浆：凉水。　③ 肆逆：放肆叛乱。　④ 国殇（shāng 伤）：未到成年而死叫殇。国殇指杨玉环为国捐躯。　⑤ 云帏像：神幕中的雕像。　⑥ 北邙（máng 忙）：北邙山，在河南洛阳附近，是埋葬王侯将相的地方。　⑦ 冢（zhǒng 肿）：坟墓。　⑧ 娇波：娇媚的眼光。波，眼波。

我那妃子呵。

【三煞】只见他垂垂的湿满颐①，汪汪的含在眶，纷纷的点滴神台上。分明是牵衣请死愁容貌，回顾吞声惨面庞。这伤心真无两，休说是泥人堕泪，便教那铁汉也肠荒②！

（丑）万岁爷请免悲伤，待奴婢每叩见娘娘。（同宫女、内侍哭拜科）（生）

【二煞】只见老常侍双膝跪，旧宫娥伏地伤。叫不出娘娘千岁，一个个含悲向③。（哭科）妃子呵，只为你当日在昭阳殿里施恩遍，今日个锦水祠中遗爱长④。悲风荡，肠断杀数声杜宇⑤，半壁斜阳。

（丑）请万岁爷与娘娘焚帛。（生）再看酒来。（丑奉酒焚帛，生酹酒科⑥）

【一煞】叠金银山百座⑦，化幽冥帛万张⑧。纸铜钱怎买得天仙降？空着我衣沾残泪⑨，鹃留怨。不能

---

① 垂垂：眼泪滚淌下的样子。颐：面颊。　② 肠荒：肠慌，表示心中难受。　③ 向：对着。　④ 锦水：成都的锦江，这里指成都。遗爱：指杨玉环留给人们的仁爱。　⑤ 杜宇：杜鹃鸟。传说杜宇是蜀国国君，号望帝，死后化为杜鹃鸟。　⑥ 酹(lèi累)酒：洒酒于地，表示祭奠。　⑦ 金银山：用纸叠成金山银山，火化后供死者在阴间享用。　⑧ 帛：纸钱。　⑨ 空着我：空教我。

勾魂逐飞灰蝶化双①。蓦地里增悲怆。甚时见鸾骖碧汉②,鹤返辽阳③?

(丑)天色已晚,请万岁爷回宫。(生)宫娥,可将娘娘神帐放下者。(宫娥)领旨。(做下神幔、内暗抬像下科)(生)起驾。(丑应科)(生作上马、銮驾队子复上,引行科)(生)

【煞尾】出新祠泪未收,转行宫痛怎忘④?对残霞落日空凝望! 寡人今夜呵,把哭不尽的哀情,和你梦儿里再细讲。

数点香烟出庙门,(曹　邺)

巫山云雨洛川神⑤。(权德舆)

翠蛾仿佛平生貌⑥,(白居易)

日暮偏伤去住人⑦。(封彦冲)

① 不能勾:不能够。 ② 鸾骖碧汉:指西王母乘鸾凤见汉武帝的故事。 ③ 鹤返辽阳:相传仙人丁令威化成白鹤回到他的故乡辽阳。 ④ 行宫:皇帝外出时的住所。 ⑤ 洛川神:洛水女神宓妃。借指杨玉环。 ⑥ 翠蛾:美女。此指杨玉环。 ⑦ 去住人:羁旅之人、游子。指李隆基。

【翻译】

（晚霞夕阳下，成都行宫及杨贵妃庙中）

李隆基（上）（念）：

"蜀江水碧蜀山青，赢得朝朝暮暮情。但恨佳人难再得，岂知倾国与倾城！"（白）：我自从到了成都，传位太子，改称太上皇。喜的是郭子仪兵威大振，扫荡平定叛军指日可待。只念妃子为国捐躯，没有什么能够表达我的心意，特令成都府建庙一座。又选高手匠人，用檀香木雕刻成妃子生像。命高力士迎进宫来，等我送入庙中供奉祭祀，大概就要到了。（叹气）咳，想起我的妃子呵。

（唱）：

是我违背了她真诚的誓盟，

是我辜负了她深挚的恩情。

生拆散了比翼齐飞的一对凤凰。

说什么生生世世不抛弃，

却不料半路上遭祸殃。

恨贼寇逼得慌，

催促我起程匆忙。

点三千羽林兵将，

出了延秋西门，

逃难的队伍中人声沸沸扬扬。

我刚刚伤心地走了第一程，

便来到马嵬坡驿站旁，

猛地里炸雷般响起了一片喊声，

早只见铁桶般密密围住，

四下里一齐举起刀枪。

恶狠狠单显他领军元帅威风大，

眼睁睁逼迫得我这失势皇帝气不昂。

弄得我手脚慌张。

（白）：

恨只恨陈元礼呵！

（唱）：

不催促那车儿马儿，

一味地凶凶恶恶把我盯望；

硬拿着言儿语儿，

一会儿便喧喧腾腾地诽谤；

更排列些戈儿戟儿，

一阵哄闹中便重重叠叠地冲上；

生逼得我那妃子，

一霎时惊惊惶惶把命丧。

（哭）

这好不痛杀人啊！

这好不痛杀人。

撇下我这形儿影儿，

一个孤孤凄凄的模样。

（白）：

我如今好不悔恨呵！

（唱）：

羞杀我啊，

只会掩面悲伤，

却救不得她那闭月羞花美模样。

只怪我临阵全无主张，

不该啊，将她轻率放。

我当时若肯拿身子去抵挡，

他未必敢直接冒犯君王；

纵然冒犯了又何妨，

九泉之下，

倒博得个永远成对成双。

如今我独自活着虽然无恙，

问余生又有什么风光。

只落得终日愁千状，泪万行。

（痛哭）

（白）：

　　我那妃子呵！

（唱）：

　　我在人间你在天上，

　　长留此恨怎补偿！

　　（高力士同宫女、太监手捧香炉，举着幡旗，引众抬
杨妃雕像与鼓乐队一起上场）

高力士（见李隆基）（白）：

　　启奏万岁爷，杨娘娘宝像迎到了。

李隆基（白）：

　　快迎进来。

高力士（白）：

　　领旨。（出宫门）奉旨：宣召杨娘娘像进来。

宫女（白）：

　　领旨。（抬像进，像面对李隆基，宫女跪下，扶像略
向前倾）杨娘娘拜见皇上。

高力士（白）：

　　平身。（宫女起身）

李隆基（起立对像哭）（白）：

　　我那妃子呵，

（唱）：

　　我俩别离了一向，

忽然看到你娇美的模样。

待与你叙叙我的冤情,

说说我的惊魂,

诉诉我的愁肠……

(近前呼叫)

(白):

妃子,妃子!

(唱):

怎不见你露出笑脸,

怎不听你答应的声响,

怎难等你移身前来依傍,

(细看像,大哭)

呀!

原来你是檀香木刻成的神像。

高力士(白):

仪仗车驾已准备好了,请万岁爷上马,送娘娘入庙。

(校尉及瓜、旗、伞、扇、车马队子上)

李隆基(白):

高力士传旨,我的马儿在左边,杨妃神像坐的车儿
在右边,我与娘娘并排而行。

高力士(白):

领旨。

李隆基(上马,校尉抬像,在队前引路)(唱):

　　咕隆隆凤车呵紧贴着我行,

　　细悠悠龙鞭呵相并着挥扬。

　　依旧地像从前车儿并行,

　　肩儿齐并,

　　影儿成双。

　　我情暗伤,

　　心自想。

　　想当时并马游乐观赏,

　　怎么到头来却做了这般的妇随夫唱?

　　(到庙前)

高力士(白):

　　到庙中了,请万岁爷下马。

李隆基(下马)(白):

　　内侍们,送娘娘进庙去吧。

　　(车马队子下,太监抬像,宫女、高力士随李隆基进庙,李隆基观察庙的四周)

　　(唱):

　　我向这庙里抬头观望,

　　问怎能比西宫南苑,

　　你哪儿金屋富丽堂皇?

　　哪里有鸳鸯帏幕芙蓉绣花帐?

空见那颤巍巍神幕高扬，

泥塑的宫娥一对对，

布做的女官一双双。

剪好了一簇簇幡旗飘飘扬扬，

却招不来妃子的香魂回转，

反让我牵心挂肠。

（李隆基向前坐下）

高力士（白）：

吉时已到，请下旨让娘娘升座。

李隆基（白）：

宫人们，服侍娘娘升座吧。

宫女（应声）：

领旨。（内细乐，宫女扶像面对李隆基，如前略向前

倾）杨娘娘谢恩。

高力士（白）：

平身。（李隆基起立，内敲鼓奏乐。众人扶杨玉环

生像上座）

李隆基（唱）：

我只见官娥们将她守护簇拥，

用团扇护着她的新妆。

我还错认是刚刚定情时，

夜里送她入新房。

（悲伤）

却怎么冷清清你独坐在这彩画神帐。

高力士（白）：

启奏万岁爷，杨娘娘升座完毕。

李隆基（白）：

拿香过来。（高力士跪下进香、李隆基拈香）

（唱）：

燃起了雾腾腾宝香，

辉映着明亮亮烛光，

猛引起往事来心上。

记当日长生殿里御炉旁，

我俩相偎依，

对牛郎织女把深盟讲。

又谁知誓言变成了难以实现的虚妄。

生者死者永远天隔一方！

空忆前盟没有片刻遗忘。

（白）：

今日呵，

（唱）：

我在这边，你在那边，

手握着断头香心中更添凄惨悲伤。

（白）：

　　高力士端酒过来，我与妃子亲自祭奠一杯吧。

高力士（送上酒）（白）：

　　一敬酒。

李隆基（捧酒哭）（唱）：

　　我把酒杯捧手上，

　　你怎能够还用香唇从我手中把酒尝。

　　压抑不住凄惶，

　　我叫一声妃子啊把酒亲呈上。

　　泪珠儿止不住滴满酒杯，

　　恐怕喝不下半滴葡萄佳酿。

　　（高力士接过酒杯献到座像前）

李隆基（白）：

　　我那妃子呵，

（唱）：

　　这杯酒望你远处来受享，

　　痛煞煞你在古驿身亡。

　　乱军中一捧黄土便把你埋葬。

　　并不曾浇半碗祭奠的琼浆。

（白）：

　　今日呵，

（唱）：

　　　　恨不得杀了他叛逆的三军兵将，

　　　　祭奠你含辛酸血泪为国把命丧。

　　　　对着这帐中神像，

　　　　空落得见你仪容依然在，

　　　　越痛你魂飞魄扬。

高力士（又送上酒）

　　　　二敬酒。

李隆基（捧酒哭）（唱）：

　　　　碧盈盈美酒再捧上，

　　　　黑漫漫恨绵愁长，

　　　　天昏地暗我痴痴凝望。

　　　　今朝庙宇留西蜀，

　　　　何日把你的陵墓迁葬北邙？

　　　　（高力士又接杯献到座像前）

李隆基（哭）：

　　　　我呵，

（唱）：

　　　　要与你同墓共葬，

　　　　愿我俩变做一株坟边的连理，

　　　　化成一对墓顶的鸳鸯。

高力士(又送上酒)：

　　三敬酒。

李隆基(捧酒杯)(唱)：

　　祭亡灵仪礼刚结束，

　　诉衷情我的话语正长。

　　你娇美的秋波不动，

　　可曾见我忧愁的模样？

　　只为我把钗盒情缘全辜负，

　　致使你一条白练把命丧，

　　黄泉之下恨茫茫。

　　(高力士接过酒杯献上)

　　(李隆基哭)

　　对此情我捶胸想，

　　好一似刀割了肺腑，

　　火烙了肝肠。

　　(高力士、宫女、内侍俱哭)

李隆基(看像吃惊)(白)：

　　高力士，你看娘娘的脸上，这不是流出泪来了？

高力士、众宫女(同看像)(白)：

　　呀！神像果然满面泪痕。奇怪，奇怪！

李隆基(哭)(白)：

　　哎呀，我那妃子呵。

（唱）：

　　只见她滚滚热泪湿满脸颊，

　　一汪汪泪水含在眼眶，

　　点点滴滴纷纷落在神台上。

　　分明是当年牵衣请死愁容貌，

　　回望吞声凄惨的面庞。

　　昨日今天的伤心真无两样，

　　休说是泥人会落泪，

　　便教那铁打的汉子看见也要痛断肠。

高力士（白）：

　　万岁爷请不要悲伤，待奴婢们叩见娘娘。（同宫女、

太监哭拜）

李隆基（唱）：

　　只见老常侍双膝跪地，

　　旧宫娥伏地悲伤。

　　叫不出娘娘千岁，

　　一个个含着悲痛面对娘娘。

（痛哭）（白）：

　　妃子呵，

（唱）：

　　只为你当日在昭阳殿里施恩遍，

　　今天这锦水祠中遗爱长。

悲风吹荡，

杜鹃声声让我痛断肠，

半壁墙上斜照夕阳。

高力士（白）：

请万岁爷为娘娘烧纸钱。

李隆基（白）：

再端酒来。（高力士送酒烧纸钱，李隆基洒酒于地）

（唱）：

叠成金山银山百座，

烧化阴间纸钱万张。

纸铜钱怎能买得妃子她天仙降？

空教我衣沾泪痕心存杜鹃般哀怨，

不能够魂追飞灰共化彩蝶双双，

突然间心增悲伤。

什么时候才能见你乘鸾凤从天降，

什么时候才能等到你成仙鹤飞回故乡？

高力士（白）：

天色已晚，请万岁爷回宫。

李隆基（白）：

宫娥，可将娘娘神帐放下吧。

宫娥（白）：

领旨。（放下神帐，内暗抬生像下）

李隆基(白)：

　　起驾。(高力士应)(上马,车马队子又上,引路)

(唱)：

　　走出新修祠堂泪犹未干,

　　回转行宫痛苦怎能忘?

　　对着残霞落日我空凝望,

(白)：

　　今夜我呵,

(唱)：

　　把哭诉不尽的衷情,

　　和你在梦儿里再细细讲。

(念)：

　　数点香烟出庙门,

　　巫山云雨洛川神。

　　翠蛾仿佛平生貌,

　　日暮偏伤去住人。

弹　词

　　本出为原作第三十八出。作品通过唐代宫廷乐工李龟年的弹唱，抒写了他由昔日受唐明皇的恩宠，为宫廷演奏，到今朝流落到江南，以卖唱行乞为生的大起大落的悲剧命运和深沉感叹，揭示了李、杨爱情的产生、发展、毁灭与唐王朝盛极而衰的历史变迁之间互为因果的关系，隐含了剧作家的兴亡之感。本出开头[南吕一枝花]一曲当时颇受观众欢迎，广为流传，致有"户户不提防"之誉。运用此曲的[转调货郎儿]九支曲子，叙述从金钗钿盒定情到马嵬兵变后红颜命绝，銮舆西巡的过程，一唱三叹，如泣如诉，曲曲动人，可说是对《长生殿》主要剧情的生动概述。全出悲剧色彩很浓。

（末白须，旧衣帽抱琵琶上）"一从鼙鼓起渔阳，宫禁俄看蔓草荒①。留得白头遗老在，谱将残恨说兴亡。"老汉李龟年，昔为内苑伶工，供奉梨园。蒙万岁爷十分恩宠。自从朝元阁教演《霓裳》，曲成奏上，龙颜大悦。与贵妃娘娘，各赐缠头②，不下数万。谁想禄山造反，破了长安，圣驾西巡，万民逃窜。俺每梨园部中，也都七零八落，各自奔逃。老汉来到江南地方，盘缠都使尽了。只得抱着这面琵琶，唱个曲儿糊口。今日乃青溪鹫峰寺大会③。游人甚多，不免到彼卖唱。（叹科）哎，想起当日天上清歌，今日沿门鼓板，好不颓气人也。（行科）

【南吕一枝花】（末）不提防余年值乱离，逼拶得歧路遭穷败④。受奔波风尘颜面黑，叹衰残霜雪鬓须白。今日个流落天涯，只留得琵琶在。揣羞脸⑤，上长街，又过短街。那里是高渐离击筑悲歌⑥，倒做了伍

---

① 俄：顷刻。　② 缠头：钱物。　③ 青溪：水名，在南京。④ 逼拶（zā扎）得：逼迫得。　⑤ 揣（chuāi）：遮、藏。　⑥ 高渐离：战国时代燕国人。高渐离为荆轲使秦送行，他击筑，荆轲和而歌。筑：古代一种敲击弦乐器。

子胥吹箫也那乞丐①。

【梁州第七】想当日奏清歌趋承金殿，度新声供应瑶阶。说不尽九重天上恩如海，幸温泉骊山雪霁②，泛仙舟兴庆莲开③，玩婵娟华清宫殿④，赏芳菲花萼楼台⑤。正担承雨露深泽，蓦遭逢天地奇灾。剑门吴尘蒙了凤辇鸾舆，马嵬坡血污了天姿国色，江南路哭杀了瘦骨穷骸。可哀落魄，只得把《霓裳》御谱沿门卖，有谁人喝声采！空对着六代园陵草树埋⑥，满目兴衰。

（虚下）（小生巾服上）"花动游人眼，春伤故国心。霓裳人去后，无复有知音。"小生李谟，向在西京留滞⑦，乱后方回。自从宫墙之外，偷按《霓裳》数叠，未能得其全谱。昨闻有一老者，抱着琵琶卖唱。人人都说手法不同，像个梨园旧人。今年鹫峰寺大会，想他必在那里。不免前去寻访一番。一路行来，你看游人好不盛也。（外巾服，副净衣帽，净长帽、帕子包首，扮山西客，携丑扮

---

①"倒做了"句：伍子胥，战国时代楚国人，父兄被楚平王杀害后，为复仇逃到吴国，曾沦落到以吹箫求食为生。也那：衬字，无义。　②骊山：在陕西省西安临潼区东南。　③兴庆：兴庆池。在长安城内。　④婵娟：月亮。　⑤芳菲：花。　⑥六代：指吴、东晋、宋、齐、梁、陈六朝，先后以南京为京城。　⑦西京：长安。留滞：滞留，停留。

妓上)（外）闲步寻芳惜好春,（副净）且看胜会逐游人。
（净）大姐,咱和你"及时行乐休空过"。（丑）客官,"好听
琵琶一曲新"。（小生问副净科）老兄请了。动问这位大
姐,说甚么"琵琶一曲新"?（副净）老兄不知,这里新到
一个老者,弹得一手好琵琶。今日在鹫峰寺赶会,因此
大家同去一听。（小生）小生正要去寻他,同行何如?
（众）如此极好。（同行科）行行去去,去去行行,已到鹫峰
寺了。就此进去。（同进科）（副净）那边一个圈子,四围
板凳,想必是波。我每一齐捱进去①,坐下听者。（众作
坐科）（末上见科）列位请了,想都是听曲的。请坐了,待
在下唱来请教波。（众）正要领教。（末弹琵琶唱科）

【转调货郎儿】唱不尽兴亡梦幻,弹不尽悲伤感叹,
大古里凄凉满眼对江山②。我只待拨繁弦传幽怨,
翻别调写愁烦,慢慢的把天宝当年遗事弹。

（外）《天宝遗事》,好题目波。（净）大姐,他唱的是甚
么曲儿,可就是咱家的西调么③?（丑）也差不多儿。（小
生）老丈,天宝年间遗事,一时那里唱得尽者,请先把杨
贵妃娘娘,当时怎生进宫,唱来听波。（末弹唱科）

【二转】想当初庆皇唐太平天下,访丽色把蛾眉选

---

① 捱:挤。　② 大古里:总是。　③ 西调:甘肃一带的地
方曲调。

刷①，有佳人生长在弘农杨氏家②，深闺内端的玉无瑕③，那君王一见了欢无那④，把钿盒金钗亲纳，评跋做昭阳第一花⑤。

（丑）那贵妃娘娘，怎生模样波？（净）可有咱家大姐这样标致么？（副净）且听唱出来者。（末弹唱科）

【三转】那娘娘生得来仙姿佚貌⑥，说不尽幽闲窈窕⑦，真个是花输双颊柳输腰。比昭君增妍丽，较西子倍风标⑧，似观音飞来海峤⑨，恍嫦娥偷离碧霄。更春情韵饶⑩，春酣态娇，春眠梦悄。总有好丹青⑪，那百样娉婷⑫难画描。

（副净笑科）听这老翁说的杨娘娘标致，恁般活现，倒像是亲眼见的，敢则谎也。（净）只要唱得好听，管他谎不谎。那时皇帝怎么样看待他来，快唱下去者。（末弹唱科）

【四转】那君王看承得似明珠没两，镇日里高擎在

---

① 选刷：挑选。 ② 弘农：汉代郡名。包括今河南省洛阳、内乡以西至陕西省商县以东一带。 ③ 端的：真正的。 ④ 欢无那：欢喜无比。 ⑤ 评跋：品评选拔。跋，通"拔"。昭阳：昭阳殿，汉宫名，这里指唐代后妃所住之地。 ⑥ 佚貌：美貌。 ⑦ 幽闲：即幽娴，安详文雅。 ⑧ 风标：风采。 ⑨ 海峤（qiáo乔）：海上的山。峤，山尖而高。 ⑩ 饶：多。 ⑪ 丹青：绘画用的颜色，此代指画匠。 ⑫ 娉婷：形容女子好体态优美。

掌①。赛过那汉宫飞燕倚新妆②。可正是玉楼中巢翡翠③,金殿上锁着鸳鸯,宵偎昼傍。直弄得个伶俐的官家颠不剌,懵不剌④,撇不下心儿上。弛了朝纲,占了情场,百支支写不了风流帐⑤。行厮并,坐厮当。双,赤紧的倚了御床,博得个月夜花朝同受享。

(净倒科)哎呀,好快活,听的咱似雪狮子向火哩。(丑扶科)怎么说!(净)化了。(众笑科)(小生)当日宫中有《霓裳羽衣》一曲,闻说出自御制,又说是贵妃娘娘所作,老丈可知其详?请唱与小生听咱。(末弹唱科)

【五转】当日呵,那娘娘在荷庭把宫商细按⑥,谱新声将《霓裳》调翻。昼长时亲自教双鬟⑦。舒素手,拍香檀,一字字都吐自朱唇皓齿间。恰便似一串骊珠声和韵闲⑧,恰便似莺与燕弄关关⑨,恰便似鸣泉花

---

① 镇日:整天。 ② 汉宫飞燕倚新妆:指汉成帝的宠妃赵飞燕(后封为皇后)新妆后的神态姿容。 ③ 翡翠:此指翡翠鸟。 ④ 颠不剌、懵(měng 猛)不剌:颠三倒四,懵懵懂懂,糊糊涂涂。不剌:语助词,无义。 ⑤ 百支支:形容话多。 ⑥ 宫商细按:细细推敲音乐。 ⑦ 双鬟:丫环、婢女。这里指宫女。 ⑧ 骊珠:骊龙颔下的珠子。 ⑨ 弄关关:弄,鸣唱。关关,清脆的鸟鸣声。

底流溪涧,恰便似明月下泠泠清梵①,恰便似缑岭上
鹤唳高寒②,恰便似步虚仙珮夜珊珊③。传集了梨
园部,教坊班,向翠盘中高簇拥着个娘娘,引得那君
王带笑着。

(小生)一派仙音,宛然在耳,好形容波。(外叹科)
哎,只可惜当日天子宠爱了贵妃,朝欢暮乐,致使渔阳兵
起。说起来令人痛心也!(小生)老丈,休只埋怨贵妃娘
娘。当日只为误任边将,委政权奸,以致庙谟颠倒④,四
海动摇。若使姚、宋犹存⑤,那见得有此。(外)这也说的
是波。(末)嗨,若说起渔阳兵起一事,真是天翻地覆,惨
目伤心。列位不嫌絮烦,待老汉再慢慢弹唱出来者。
(众)愿闻。(末弹唱科)

【六转】恰正好呕呕哑哑《霓裳》歌舞,不提防朴朴突
　　突渔阳战鼓。划地里出出律律纷纷攘攘奏边书⑥,
　　急得个上上下下都无措。早则是喧喧嗾嗾、惊惊遽

---

　　①梵(fàn饭):梵音,佛教徒诵经的声音。　②缑(gōu
沟)岭:缑氏山,在河南境内。相传周灵王太子晋,在此山乘
白鹤升仙。　③虚:虚空,天上。　④庙谟(mó模):此指朝政。
庙,宗庙。谟,谋划。　⑤姚、宋:见《定情》出注。　⑥划(chǎn
产)地里:平白地。

遽、仓仓卒卒、挨挨拶拶出延秋西路①，銮舆后携着个娇娇滴滴贵妃同去。又只见密密匝匝的兵，恶恶狠狠的语，闹闹炒炒、轰轰剨剨四下喧呼②，生逼散恩恩爱爱、疼疼热热帝王夫妇。霎时间画就了这一幅惨惨凄凄绝代佳人绝命图。

（外，副净同叹科）（小生泪科）哎，天生丽质，遭此惨毒。真可怜也！（净笑科）这是说唱，老兄怎么认真掉下泪来！（丑）那贵妃娘娘死后，葬在何处？（末弹唱科）

【七转】破不剌马嵬驿舍，冷清清佛堂倒斜。一代红颜为君绝，千秋遗恨滴罗巾血。半棵树是薄命碑碣，一抔土是断肠墓穴。再无人过荒凉野，莽天涯谁吊梨花谢！可怜那抱幽怨的孤魂，只伴着呜咽咽的望帝悲声啼夜月。

（外）长安兵火之后，不知光景如何？（末）哎呀，列位，好端端一座锦绣长安，自被禄山破陷，光景十分不堪了。听我再弹波。（弹唱科）

【八转】自銮舆西巡蜀道，长安内兵戈肆扰。千官无

---

① 挨挨拶（zā 扎）拶出延秋西路：挨挨拶拶，拥拥挤挤之意。延秋，延秋门。长安西南有二门，延秋门居南，玄武门居北。　② 轰轰剨（huò 或）剨：轰轰隆隆。

复紫宸朝①,把繁华顿消,顿消。六宫中朱户挂蟏蛸②,御榻傍白日狐狸啸。叫鸱鸮也么哥③,长蓬蒿也么哥。野鹿儿乱跑,苑柳宫花一半儿凋。有谁人去扫,去扫! 玳瑁空梁燕泥儿抛,只留得缺月黄昏照。叹萧条也么哥,染腥臊也么哥! 染腥臊,玉砌空堆马粪高。

(净)咵,听了半日,饿得慌了。大姐,咱和你喝烧刀子④,吃蒜包儿去。(做腰边解钱与末,同丑诨下)(外)天色将晚,我每也去罢。(送银科)酒资在此。(末)多谢了。(外)无端唱出兴亡恨。(副净)引得旁人也泪流。(同外下)(小生)老丈,我听你这琵琶,非同凡手。得自何人传授? 乞道其详。

【九转】这琵琶曾供奉开元皇帝,重提起心伤泪滴。(小生)这等说起来,定是梨园部内人了。(末)我也曾在梨园籍上姓名题,亲向那沉香亭花里去承值,华清宫宴上去追随。(小生)莫不是贺老? (末)俺不是贺家的怀智。(小生)敢是黄幡绰? (末)黄幡绰同咱皆老辈。(小生)这等想必是雷海青? (末)我虽是

---

① 紫宸(chén 辰):宫殿名,唐大明宫第三殿为紫宸殿,是皇帝接见朝臣的内朝正殿。 ② 蟏蛸(xiāo shāo 消烧):蟢子,一种长脚小蜘蛛。 ③ 鸱鸮(chī xiāo 吃宵):类似猫头鹰的猛禽,捕食鼠、兔、昆虫等。 ④ 烧刀子:烧酒。

弄琵琶却不姓雷。他呵,骂逆贼久已身死名垂。(小生)这等,想必是马仙期了。(末)我也不是擅场方响马仙期,那些旧相识都休话起。(小生)因何来到这里?(末)我只为家亡国破兵戈沸,因此上孤身流落在江南地。(小生)毕竟老丈是谁波?(末)您官人絮叨叨苦问俺为谁,则俺老伶工名唤做龟年身姓李。

(小生揖科)呀,原来却是李教师。失瞻了①。(末)官人尊姓大名,为何知道老汉?(小生)小生姓李,名谟。(末)莫不是吹铁笛的李官人么?(小生)然也。(末)幸会,幸会。(揖科)(小生)请问老丈,那《霓裳》全谱可还记得波?(末)也还记得,官人为何问他?(小生)不瞒老丈说,小生性好音律,向客西京,老丈在朝元阁演习《霓裳》之时,小生曾傍着宫墙,细细窃听。已将铁笛偷写数段。只是未得全谱,各处访求。无有知者。今日幸遇老丈,不识肯赐教否?(末)既遇知音,何惜末技。(小生)如此多感,请问尊寓何处?(末)穷途流落,尚乏居停②。(小生)屈到舍下暂住,细细请教何如?(末)如此甚好。

【煞尾】俺一似惊乌绕树,向空枝外,谁承望做旧燕寻巢入画栋来。今日个知音喜遇知音在,这相逢,

---

① 失瞻:失礼。　② 居停:住处。

异哉！恁相投，快哉！李官人呵，待我慢慢的传与你这一曲《霓裳》播千载。

（末）桃蹊柳陌好经过，（张　籍）

（小生）聊复回车访薜萝①。（白居易）

（末）今日知音一留听，（刘禹锡）

（小生）江南无处不闻歌。（顾　况）

【翻译】

（花繁草茂的春日，南京青溪水边鹫峰寺盛会上）

李龟年（白胡子，旧衣帽，抱琵琶上）（念）：

"一从鼙鼓起渔阳，宫禁俄看蔓草荒。留得白头遗老在，谱将残恨说兴亡。"（白）：老汉李龟年，从前是宫内乐工，借职梨园，承蒙万岁爷十分恩宠。自从朝元阁教演《霓裳羽衣曲》，教会演奏给皇上听后，皇上大喜，与贵妃娘娘各赐我钱物，不下数万。谁料想安禄山造反，破了长安，圣驾西去，万民逃窜。俺们梨园部的艺人也都七零八落，各自奔逃。老汉我来到江南地方，费用都花光了。只得抱着这面琵琶，唱个曲儿糊口。今日是南京青溪水边鹫峰寺大会，游人甚多，不免到那里卖唱。（叹气）哎，想起当日在皇宫演奏天上清歌，今日却流落江南

---

① 薜萝：隐士的服装，代指李龟年。

沿门卖唱。好不叫人败兴呀!(行走)

(唱):

　　　　不提防垂暮年遭战乱流浪在外,

　　　　逼迫我歧路上受穷困潦倒破败。

　　　　苦奔波风尘里颜面粗黑,

　　　　可叹我风烛残年鬓须如霜雪白。

　　　　今日啊沦落天涯,

　　　　只留得这把琵琶在。

　　　　我衣袖遮脸上长街,

　　　　又过短街。

　　　　哪里像高渐离击筑伴荆轲悲歌慷慨,

　　　　倒做了伍子胥吹箫求食啊一个乞丐。

　　　　想当日:

　　　　弹奏清歌承欢帝妃在金銮宝殿,

　　　　谱写新曲供奉君王在白玉台阶。

　　　　说不尽九重天子恩情深似海:

　　　　随他到温泉,骊山上瑞雪刚止,

　　　　伴他划彩船,兴庆池莲花正开。

　　　　同他观明月于华清宫殿,

　　　　陪他赏鲜花在花萼楼台。

　　　　可悲啊!

正承受皇上的雨露深恩，

突然间遭逢到天地奇灾。

剑门关尘土蒙上了凤车鸾舆，

马嵬坡鲜血染污了天姿国色，

江南路哭杀了我这瘦骨穷骸。

可哀啊！

我穷困难耐，

只得把《霓裳》皇谱沿街卖，

有谁人喝声彩！

空对着六朝皇陵野树杂草里埋，

满眼是兴衰。

（虚下）

李谟（戴文生巾上）（念）：

"花动游人眼，春伤故国心。霓裳人去后，无复有知音。"（白）：小生李谟，一向在长安滞留，战乱后方回江南。自从宫墙之外，偷偷学了几章《霓裳羽衣曲》后，一直未能得到全谱。昨日听说一位老者，抱着琵琶卖唱。人人都说指法不凡，像个梨园老艺人。今日鹫峰寺大会，想他必在那里，不免前去寻访一番。一路走来，你看游人可真多呀。

（游人甲、乙、山西客带一妓女上）

游人甲(巾服)(念):

　　"漫步寻芳惜好春。"

游人乙(衣帽)(念):

　　"且看胜会逐游人。"

山西客(长帽、帕子包头)(念):

　　大姐,咱和你"及时行乐休空过"。

妓女(念):

　　客官,(你和咱)"好听琵琶一曲新"。

李谟(对游人乙)(白):

　　老兄请了。动问这位大姐,说什么"琵琶一曲新"?

游人乙(白):

　　老兄不知,这里新到一个老者,弹得一手好琵琶。今日在鹫峰寺赶会,因此大家同去听一听。

李谟(白):

　　小生正要去寻他,我们同行怎么样?

众(白):

　　如此极好。(同走)行行去去,去去行行,已到鹫峰寺了。就此进去。(同进)

游人乙(白):

　　那边一个圈子,四周板凳,想必就是了。我们一齐挤进去,坐下听吧。(众坐下)

李龟年(上场见众)(白)：

　　各位请了，想必都是听曲的。请坐了，等我唱来请教各位吧。

众(白)：

　　正要领教。

李龟年(弹琵琶唱)：

　　唱不尽兴亡事犹如梦幻，

　　弹不尽我心中悲伤感叹，

　　总是啊凄凉满眼对江山。

　　我只能拨起琴弦传达深怨，

　　另奏新曲谱写愁肠，

　　慢慢地把天宝当年遗事弹。

游人甲(白)：

　　"天宝遗事"，好题目呀。

山西客(白)：

　　大姐，他唱的是什么曲儿，可就是咱们家乡的西调吗？

妓女(白)：

　　也差不多儿。

李谟(白)：

　　老丈，天宝年间遗事，一时哪里唱得尽呀。请先把杨贵妃娘娘，当时怎样进宫？唱来听吧。

李龟年(弹唱):

想当初庆贺皇唐太平天下,

寻访美女把嫔妃选拔。

有绝代佳人生长在弘农郡杨氏家,

深闺内出落得真是玉无瑕。

那明皇一见便欢喜无比,

把钿盒、金钗亲赐她,

推她做昭阳殿里第一枝花。

妓女(白):

那贵妃娘娘,什么模样呢?

山西客(白):

可有咱这大姐这样标致吗?

游人乙(白):

且听唱出来吧!

李龟年(弹唱):

那娘娘天生得仙姿美貌。

说不尽万般文雅窈窕,

真个是羞花貌赛柳腰。

比昭君更增艳丽,

较西施倍添风采,

似观音飞来海岛,

仿佛月宫嫦娥偷离九霄。

特别是春情风韵丰饶，

春日醉态多娇，

春眠梦姿俊俏。

纵有好画手，

那百样风流难画描。

游人乙（白）：

听这老翁说的杨娘娘标致，这般活现，倒像是亲眼
见过的，大概是在撒谎吧。

山西客（白）：

只要唱得好听，管他撒谎不撒谎。那时皇帝怎么样
看待她呢？快唱下去吧。

李龟年（弹唱）：

那君王看待她如明珠举世无双，

整日高擎在手掌。

赛过那受宠的汉宫飞燕新梳妆。

可正像玉楼中一双翡翠鸟，

金殿上关着的一对好鸳鸯。

他们日夜相依傍，

直弄得聪明伶俐的皇上，

颠颠倒倒懵懵懂懂，

舍不得抛不下，

时时放在心头上。

松弛了朝纲，

独占了情场，

千言万语写不尽他风流账。

行相挨，坐相对，

双双，

紧紧地偎依在龙床上，

博得个月夜花朝同受享。

山西客(倒地)(白)：

哎呀，好快活，听得咱似雪狮子烤火哩。

妓女(扶起山西客)(白)：

怎么说？

山西客(白)：

化了。(众笑)

李谟(白)：

当日宫中《霓裳羽衣》一曲，听说出自皇上之手，又说是贵妃娘娘所作。老丈可知道详情？请唱给小生听听。

李龟年(弹唱)：

当日啊那娘娘细推敲音乐在荷庭间，

谱新声把《霓裳》曲调重新编，

白天里亲自教官女排练。

伸出素白的手，

拍击檀香板,

一字字都吐自红唇白齿间。

恰便似骊珠一串声韵高雅熟娴,

恰便似黄莺紫燕鸣声清亮宛转,

恰便似花丛下山泉鸣响流溪涧,

恰便似明月中爽朗悠扬念经赞,

恰便似缑岭上飞鹤鸣叫动苍天,

恰便似夜空中仙女漫步摇珮环。

传集了梨园部、教坊班,

高高簇拥着贵妃娘娘在翠盘上,

引得那君王带笑看。

李谟(白):

　　一派仙音,宛然在耳,形容得好啊。

游人甲(叹气)(白):

　　哎,只可惜当日天子宠爱了贵妃,朝欢暮乐,致使渔阳兵起。说起来令人痛心啊!

李谟(白):

　　老丈,休只埋怨贵妃娘娘,当日只因皇上误任边将,委任权奸,以致朝政颠倒,四海动摇。若是姚崇、宋璟还在,哪见得会有此事。

游人甲(白):

　　这也说的是啊。

李龟年(白):

嗨,若说起渔阳起兵一事,真是天翻地覆,惨目伤心。各位若不嫌絮烦,就听老汉再慢慢弹唱出来。

众(白):

愿听。

李龟年(弹唱):

恰正在呕呕哑哑演出《霓裳》歌舞,

不提防扑扑突突响起渔阳战鼓。

平白地急急慌慌乱乱纷纷送来边关战书,

急得个上上下下都手足无措。

早已是喧喧嚷嚷、惊惊恐恐,

匆匆忙忙、拥拥挤挤,

逃出延秋门踏上西向路,

皇帝车后带着个娇娇滴滴的贵妃同去。

又只见密密麻麻的兵士,

又只听恶恶狠狠的话语,

吵吵闹闹、轰轰隆隆四处喧呼,

活活逼散恩恩爱爱、疼疼热热

一对帝王夫妇。

霎时画就了这一幅凄凄惨惨

绝代佳人绝命图。

(游人甲、乙同叹气)

李谟(流泪)(白):

　　哎,天生丽质,遭此惨毒。真可怜啊!

山西客(白):

　　这是说唱,老兄怎么认真,掉下泪来!

妓女(白):

　　那贵妃娘娘死后,葬在何处?

李龟年(弹唱):

　　破破烂烂马嵬驿舍,

　　冷冷清清佛堂倒斜。

　　一代红颜为君绝,

　　怀千秋遗恨,

　　罗巾滴满泪血。

　　半棵树是薄命娘娘的碑石,

　　一捧土是她断肠的墓穴。

　　再无人路过那荒凉原野,

　　茫茫天涯谁悼念这梨花的凋谢!

　　可怜她那怀抱一腔幽怨的孤魂,

　　只伴着呜呜咽咽的杜鹃悲声啼夜月。

游人甲(白):

　　长安兵火之后,不知光景如何?

李龟年(白):

　　哎呀,各位,好端端一座锦绣长安,自被安禄山攻破,光景十分破败了。听我再弹唱吧。

(弹唱):

　　　　自从皇上向西逃往蜀道,

　　　　长安城内贼兵大肆骚扰。

　　　　文武百官不再来上朝,

　　　　使繁华景象顿时云消,顿时云消。

　　　　后宫中红门挂蜘蛛,

　　　　龙床旁白天狐狸啸。

　　　　庭院里猫头鹰儿叫啊,

　　　　长满蓬草和野蒿。

　　　　野鹿儿乱窜乱跑,

　　　　御园垂柳皇宫鲜花一半儿枯凋。

　　　　有谁人去扫,去扫!

　　　　空空画梁上燕巢泥土纷纷掉,

　　　　只留得残月黄昏照。

　　　　可叹如此萧条啊,

　　　　皇宫圣地染上野兽腥臊!

　　　　染上腥臊,

　　　　白玉台阶如今空堆着马粪高。

山西客(白):

　　呸,听了半日,饿得慌了。大姐,咱和你喝烧酒,吃蒜包儿去。

（腰边解钱给李龟年,同妓女打诨下）

游人甲（白）:

天色将晚,我们也走吧。（送银给李龟年）酒钱在此。

李龟年（白）:

多谢了。

游人甲（念）:

无端唱出兴亡恨。

游人乙（念）:

引得旁人也泪流。

（二人同下）

李谟（白）:

老丈,我听你这琵琶,非同凡手。得自何人传授,乞请说出详情。

李龟年（唱）:

这琵琶曾供奉开元皇帝,

重提起叫人心伤泪滴。

李谟（白）:

如此说来,您定是梨园部里的人了。

李龟年（唱）:

我也曾梨园名册上把姓名题,

在那沉香亭花前为皇上弹奏乐曲,

华清宫宴会上把帝妃追随。

李谟（白）：

莫不是贺老？

李龟年（唱）：

俺不是梨园名师贺怀智。

李谟（白）：

大概是名艺人黄幡绰？

李龟年（唱）：

黄幡绰同我都是年老之辈。

李谟（白）：

这等想来，必定是雷海青了？

李龟年（唱）：

我虽是弹琵琶的却不姓雷。

他呵，骂逆贼早已从容赴死，姓名永垂。

李谟（白）：

这么说，必定是马仙期了。

李龟年（唱）：

我也不是善奏方响的马仙期，

那些旧相识都不要再提起。

李谟（白）：

因何来到这里？

李龟年(唱)：

　　我只为国破家亡兵戈四起，

　　因此上孤身流落到江南地。

李谟(白)：

　　究竟老丈是谁呀？

李龟年(唱)：

　　您官人絮絮叨叨苦问俺是谁，

　　俺就是老乐工名叫做龟年本姓李。

李谟(作揖)(白)：

　　呀，原来却是李教师。失礼了。

李龟年(白)：

　　官人尊姓大名？为何知道老汉？

李谟(白)：

　　小生姓李名谟。

李龟年(白)：

　　莫不是吹铁笛的李官人？

李谟(白)：

　　是的。

李龟年(白)：

　　幸会，幸会。(作揖)

李谟(白)：

　　请问老丈，那《霓裳羽衣曲》全谱可还记得吗？

李龟年(白)：

　　也还记得，官人为何问它？

李谟(白)：

　　不瞒老丈说，小生性好音律，一向客住长安。老丈在骊山朝元阁演习《霓裳羽衣曲》之时，小生曾靠在宫墙上，细细窃听。已用铁笛试吹，偷写下几段。只是未得全谱。各处访求，都没有人知道，今日幸遇老丈，不知肯赐教吗？

李龟年(白)：

　　既遇知音，哪会吝惜小技。

李谟(白)：

　　如此多谢，请问寓住何处？

李龟年(白)：

　　穷途流落，还无住处。

李谟(白)：

　　请屈尊到舍下暂住，我再细细请教怎么样？

李龟年(白)：

　　如此甚好。

(唱)：

　　俺好似受了惊的乌鸦绕树飞到空枝外，

　　谁料想到了旧燕寻巢进入画梁来。

　　今日个知音喜遇知音在，

这相逢,奇啊!

这相投,痛快!

(白):

李官人啊,

(唱):

待我慢慢地传与你这一曲《霓裳》,

让它流播千年万载。

李龟年(念):

桃蹊柳陌好经过,

李谟(念):

聊复回车访薜萝。

李龟年(念):

今日知音一留听,

李谟(念):

江南无处不闻歌。

雨　　梦

本出为原作第四十五出。作品写李隆基从四川返回长安后，退居南内，每日只是想念杨玉环。在一个凄风苦雨的秋夜，听到张野狐唱他作的[雨淋铃]曲，愈加伤感。梦中见二内侍奉杨贵妃之命来请，行进路上遇陈元礼，命内侍杀之，又遇猪龙惊醒。醒后，被梧桐上的雨声厮闹。李隆基决定遍觅方士为杨玉环招魂。吴舒凫对本出批道："陈将军忠烈活国，少陵已有定评。然为明皇极写钟情，不得不痛恨元礼，而在蜀之时欲杀不敢，回銮之后欲杀又不能，故于梦寐中见之。"

本出与《闻铃》出前后呼应，写出了一个凄

清气氛中主人公的孤寂心情。李隆基梦境中忽
而马嵬驿，忽而曲江池，忽遇陈元礼，忽见猪首
龙身，变幻莫测，颇合做梦时的情景。曲词哀婉
低沉。

【越调引子·霜天晓角】（生上）愁深梦杳①，白发添
多少。最苦佳人逝早，伤独夜，恨闲宵。

"不堪闲夜雨声频，一念重泉一怆神②。挑尽灯花眠
不得，凄凉南内更何人③，"朕自幸蜀还京，退居南内，每
日只是思想妃子。前在马嵬改葬，指望一睹遗容，不想
变为空穴，只剩香囊一个。不知果然尸解，还是玉化香
消④? 徒然展转寻思，怎得见他一面？今夜对着这一苦
雨、半壁愁灯，好不凄凉人也！

【越调过曲·小桃红】冷风掠雨战长宵，听点点都向
那梧桐哨也⑤。萧萧飒飒，一齐暗把乱愁敲，才住了
又还飘。那堪是凤帏空，串烟销⑥，人独坐，厮凑着
孤灯照也⑦，恨同听没个娇娆。（泪介）猛想着旧欢

---

① 杳(yǎo 咬)：远得看不见尽头。 ② 重泉：黄泉。此指
已死的杨玉环。 ③ 南内：兴庆宫。内，皇宫。兴庆宫因在大
明宫之南，故称"南内"。 ④ 玉化香消：指杨玉环的尸体融化
后消失不见了。 ⑤ 哨：叫。此指雨声。 ⑥ 串烟销：连串的
烟雾消散。 ⑦ 厮凑着：相对着。

娱,止不住泪痕交。

(内打初更介)(小生内唱,生作听介)呀,何处歌声,凄凄入耳,得非梨园旧人乎?不免到帘前,凭栏一听。(作起立凭栏介)此张野狐之声也①,且听他唱的是甚曲儿?(作一面听,一面歔欷掩泪介)(小生在场内立高处唱介)

【下山虎】万山蜀道,古栈岧峣②。急雨催林杪③,铎铃乱敲。似怨如愁,碎聒不了④,响应空山魂暗消。一声儿忽慢袅,一声儿忽紧摇。无限伤心事,被他逗挑,写入清商传恨遥⑤。

(内二鼓介)(生悲介)呀,原来是朕所制《雨淋铃》之曲。记昔朕在栈道,雨中闻铃声相应,痛念妃子,因来其声,制成此曲。今夜闻之,想起蜀道悲凄,愈加断肠也。

【五韵美】听淋铃⑥,伤怀抱。凄凉万种新旧绕,把愁人禁虐得十分恼⑦,天荒地老⑧,这种恨谁人知道。

① 张野狐:即张徽,梨园子弟。 ② 栈:栈道。在险峻的山上用竹、木架成的道路。岧峣(tiáo yáo 条摇):形容山的高峻。 ③ 杪(miǎo 渺):树梢。 ④ 聒(guō 锅):聒耳。声音杂乱刺耳。 ⑤ 清商:指乐曲。 ⑥ 淋铃:[雨淋铃]曲,是剧中李隆基在栈道上雨中闻铃后深切思念杨玉环而谱的乐曲。 ⑦ 禁虐:缠绕。 ⑧ 天荒地老:也即天长地久的意思,形容时间非常久远。

你听窗外雨声越发大了。疏还密,低复高,才合眼,
又几阵窗前把人梦搅。

(丑上)"西宫南内多秋草,夜雨梧桐落叶时。"(见介)
夜已深了,请万岁爷安寝吧。

(内三鼓介)(生)呀,漏鼓三交①,且自隐几而卧。
哎,今夜呵,知甚梦儿得到俺眼里来也!(仰哭介)

【哭相思】悠悠生死别经年②,魂魄不曾来入梦。

(睡介)(丑)万岁爷睡了,咱家也去歇息儿咱。(虚
下)(小生、副净扮二内侍带剑上)"幽情消未得,入梦感君
王。"(向上跪介)万岁爷请醒来。(生作醒着介)你二人是
那里来的?(小生、副净)奴婢奉杨娘娘之命,来请万
岁爷。

【五般宜】只为当日个乱军中祸殃惨遭,悄地向人丛
里换妆隐逃,因此上流落久蓬飘。(生惊喜介)呀,
原来杨娘娘不曾死,如今却在那里!(小生,副净)为
陛下朝思暮想,恨萦愁绕,因此把驿庭静扫,(叩头
介)望銮舆幸早。说要把牛女会深盟③,和君王续
未了。

---

① 漏鼓:即打更报时的鼓。 ② 经年:经过了一年年。
③ 牛女会:此指李隆基、杨玉环在七夕牛郎织女相会时,对双
星密誓事。参见《密誓》出。

（生泪介）朕为妃子百般思想，那晓得却在驿中。你二人快随朕前去，连夜迎回便了。（小生、副净）领旨。（引生行介）

【山麻稭】【换头】喜听说如花貌，犹兀自现在人间，当面堪邀。忙教，潜出了御苑内夹城复道①，顾不得夜深人静，露凉风冷，月黑途遥。

（末上拦介）陛下久已安居南内，因何深夜微行②，到那里去！（生惊介）

【蛮牌令】何处泼官僚，拦驾语哓哓③？（末）臣乃陈元礼，陛下快请回宫。（生怒介）咄，陈元礼，你当日在马嵬驿中，暗激军士逼死贵妃，罪不容诛。今日又待来犯驾么？君臣全不顾，辄敢肆狂骁④。（末）陛下若不回宫，只怕六军又将生变。（生）咄，陈元礼，你欺朕无权柄，闲居退朝。只逞你有威风，卒悍兵骄。法难恕，罪怎饶。叫内侍，快把这乱臣贼子首级悬枭⑤。

（小生、副净）领旨。（作拿末杀下，转介）启万岁爷已

---

① 夹城复道：两墙之间架空的通道。复道，古代宫中楼阁相通，上下有通道，上面架空的通道叫复道。　② 微行：帝王或大官吏隐藏自己的身份改装出行。　③ 哓（xiāo 消）哓：乱嚷乱叫。　④ 骁（xiāo 消）：勇猛。　⑤ 悬枭（xiāo 消）：古代的一种刑罚，把人头砍下来悬逢示众。

到驿前了，请万岁爷进去。（暗下）（生进介）

【黑麻令】只见没多半空寮①、废寮，冷清清临着这荒郊、远郊。内侍，娘娘在那里？（回顾介）呀，怎一个也不见了。单则听飒剌剌风摇、树摇，啾唧唧四壁寒蛩絮②，一片愁苗、怨苗。（哭介）哎哟，我那妃子呵，叫不出花娇、月娇，料多应形消、影消。（内鸣锣、生惊介）呀，好奇怪，一霎时连驿亭也都不见。倒来到曲江池上了。好一片大水也。不提防断砌、颓垣，翻做了惊涛、沸涛。

（望介）你看大水中间，又涌出一个怪物，猪首龙身，舞爪张牙，奔突而来。好怕人也！（内鸣锣，扮猪龙、项带铁索、跳出扑生，生惊奔，赶至原处睡介）（二金甲神执锤上，击猪龙喝介）哦，孽畜，好无礼！怎又逃出，到此惊犯圣驾，还不快去。（作牵猪龙，打下）（生作惊叫介）哎哟，唬杀我也。（丑急上，扶介）万岁爷，为何梦中大叫？（生作呆坐、定神介）高力士，外边什么响？（丑）是梧桐上的雨声？（内打四更介）（生）

【江神子】【别体】我只道谁惊残梦飘，原来是乱雨萧萧。恨杀他枕边不肯相饶，声声点点到寒梢，只待

---

① 寮：小屋。　② 蛩（qióng 穷）絮：蟋蟀鸣叫。蛩，蟋蟀。絮，絮叨，鸣叫。

把泼梧桐锯倒。

高力士,朕方才梦见两个内侍,说杨娘娘在马嵬驿中来请朕去。多应芳魂未散。朕想昔时汉武帝思念李夫人,有李少君为之召魂相见,今日岂无其人!你待天明,可即传旨,遍觅方士来与杨娘娘召魂。(丑)领旨。(内五鼓介)(生)

【尾声】纷纷泪点如珠掉,梧桐上雨声厮闹。只隔着一个窗儿直滴到晓。

> 半壁残灯闪闪明,(吴　融)
> 雨中因想雨淋铃。(罗　隐)
> 伤心一觉兴亡梦,(方壶居士)
> 直欲裁书问杳冥①。(魏　朴)

【翻译】

(一个冷风苦雨的秋夜,长安兴庆宫内)

李隆基(上)(唱):

> 忧愁深深梦里却见不到她,
> 白发不知添了多少。
> 最悲苦佳人过世早,
> 我伤感这孤独的长夜,

---

① 杳冥:极远之处。此指杨玉环魂灵所在的地方。

痛恨这无聊的通宵。

（念）：

"不堪闲夜雨声频，一念黄泉一怆神。挑尽灯花眠不得，凄凉南内更何人？"（白）：我从四川返回京城，退居兴庆宫，每日只是思念妃子，上次在马嵬为妃子改葬，指望一睹遗容，不想变为空穴，只剩一个香囊。不知果然是尸骨解化成仙而去了，还是玉化香消无影无踪了？徒然反复寻思，怎么才得见她一面？今夜对着这满庭苦雨、半壁愁灯，叫人怎不感到凄凉啊！

（唱）：

冷风吹苦雨战了一个通宵，

听点点滴滴都向那梧桐树上浇。

风萧萧雨飒飒，

一齐暗暗向忧愁人儿心上乱敲，

才停了又还飘。

我难忍受这凤帐人空，

难忍受那香雾顿消，

更难忍人独坐，

——只那盏孤灯相照。

听雨声恨没有了妃子的娇形貌。

（流泪）

猛想起旧日欢乐，

止不住涕泪相交。

（内打初更鼓）（张野狐内唱，李隆基倾听）

（白）：

呀，何处歌声，凄凄惨惨，传我耳中，会不会是梨园旧人？不免到帘前，靠栏杆听一听。（起立靠栏干）这是张野狐的声音，且听他唱的是什么曲儿？（一面听，一面叹气、擦泪）

张野狐（在场内站高处）（唱）：

万山中开辟了蜀道，

古栈道又险又高。

急雨飘打着林中树梢，

驿站檐前的挂铃当当乱敲。

如泣如诉似怨似愁，

杂乱刺耳没完没了，

回响在空山中叫人魂暗销。

一声儿忽而宛转缓慢，

一声儿忽而急促颤摇。

无限伤心事，

被它逗挑，

写入乐曲传达我的怨恨遥遥。

（内打二更鼓）

李隆基(悲伤地)(白)：

    呀，原来是我谱写的《雨淋铃》曲。记得昔日我在栈道雨中听铃声相互回应，痛念妃子，因而模仿雨声铃声，制成此曲。今夜听后，想起蜀道上悲惨凄凉的往事，愈加痛断肝肠。

(唱)：

    闻听《雨淋铃》，

    痛伤我怀抱。

    凄凉万种往事新事相互缠绕。

    把我这愁人搅扰得十分苦恼。

    即使是经沧桑历万代，

    这种恨又有谁人知道。

(白)：

    你听窗外雨声越发大了。

(唱)：

    雨点稀疏又转密，

    一会儿低沉一会儿又变高，

    才合上眼，

    窗前又几阵雨声把人的梦搅扰。

高力士(上)(念)：

    "西宫南内多秋草，夜雨梧桐落叶时。"(见李隆基)

(白)：夜已深了，请万岁爷安寝吧。

（内打三更鼓）

李隆基（白）：

呀，更鼓三响，姑且伏在桌上入睡。哎，今夜呵，谁知什么梦儿会到我眼前来呵！（仰头哭）

（唱）：

悠长的生死别已经多年，

妃子她魂魄不曾入梦来。

（睡着）

高力士（白）：

万岁爷睡了，咱也去休息吧。（虚下）

二内侍（带剑上）（念）：

"幽情消未得，入梦感君王。"（向李隆基跪下）（白）：

万岁爷请醒来。

李隆基（作醒的样子）（白）：

你二人是哪里来的？

二内侍（白）：

奴婢奉杨娘娘之命，来请万岁爷。

（唱）：

只为当日在乱军中惨遭祸殃，

她悄悄地在人丛里换装潜逃，

因此上长期流落如蓬草四处飞飘。

李隆基（惊喜地）（白）：

呀,原来杨娘娘不曾死,如今却在哪里?

二内侍(唱):

　　为陛下她朝思暮想,

　　为陛下她恨萦愁绕,

　　因此把驿站庭院静静扫,

　　(叩头)

　　望皇上早来到。

　　重温"七夕"帝妃长生殿密誓,

　　和君王重续姻缘永归于好。

李隆基(流泪)(白):

　　我百般思念妃子,哪晓得她却在驿站之中。你二人快随我前去,连夜迎回好了。

二内侍(白):

　　领旨。(引李隆基行走)

李隆基(唱):

　　喜听得妃子她如花貌,

　　还在人间,

　　当面可邀。

　　忙教我,

　　偷偷走出了御花园内的夹墙复道,

　　顾不得夜深人静,

　　露凉风冷,

月儿黑路途遥。

陈元礼(上拦李隆基)(白):

　　陛下久已安居兴庆宫内,为何深夜乔装出行,到哪里去?

李隆基(吃惊地)(唱):

　　何处泼官僚,

　　拦驾乱嚷惊扰?

陈元礼(白):

　　臣是陈元礼,陛下快请回宫。

李隆基(愤怒地)(白):

　　唉,陈元礼,你当日在马嵬驿中,暗地里激怒军士逼死贵妃,罪大恶极,死有余辜。今日又特意来冒犯我吗?

(唱):

　　君臣之礼全不顾,

　　就敢任意妄为狂暴焦躁。

陈元礼(白):

　　陛下若不回宫,只怕六军又将生变。

李隆基(白):

　　唉,陈元礼,

(唱):

　　你欺我没握权柄,

　　现已闲居退朝。

只仗恃你有威风，

士兵勇猛骄傲。

国法难恕，

罪行怎饶。

叫内侍，

快把这乱臣贼子头颅斩下来城墙上高吊。

二内侍（白）：

领旨。（杀陈元礼下，转上）启奏万岁爷，已到驿站
前了，请万岁爷进去。（暗下）

李隆基（进驿站）（唱）：

只见半个空庙、破庙，

冷清清临着这荒郊、远郊。

（白）：

内侍，娘娘在哪里？（回头看）呀，怎么一个也不
见了。

（唱）：

只听得飒剌剌风摇、树摇，

啾唧唧四面墙壁下蟋蟀在叫，

搅扰起我心中一片愁苗、怨苗。

（哭）（白）：

哎哟，我那妃子呵，

（唱）：

呼唤不出花娇、月娇，

料想她多半是形消、影消。

（内鸣锣）

李隆基（吃惊地）（白）：

呀，好奇怪，一霎时连驿站亭子都不见了，倒来到曲江池上了。好一片大水呵！

（唱）：

没想到断墙残壁，

变成了惊涛、狂涛。

（远望）（白）：

你看大水中间，又涌出一个怪物。猪头龙身，张牙舞爪，直冲过来。好怕人啊！（内鸣锣，怪物脖子上有铁索，跳上向李隆基扑来。李隆基惊跑，到原处睡下）

二金甲神（拿锤上，击猪龙、喝斥）（白）：

唗，畜生，好无礼，怎又逃出来了，到这里惊犯圣上，还不快回去。（牵猪龙，打着下去）

李隆基（惊叫）：

哎哟，吓死我了。

高力士（急上，扶起李隆基）（白）：

万岁爷，为何梦中大叫？

李隆基（呆坐、定神）（白）：

高力士,外边什么响?

高力士(白):

是梧桐树上的雨声。

（内打四更鼓）

李隆基(唱):

我只说谁把我破碎的梦惊跑,

原来是零乱秋雨声萧萧。

恨杀它枕边也不肯相饶,

声声点点洒到寒树梢,

我只想把泼梧桐锯倒。

(白):

高力士,我方才梦见两个内侍说杨娘娘在马嵬驿中
请我去。多半是她芳魂未散。我想昔日汉武帝思念李
夫人,有李道士为武帝召李夫人魂,使二人相见,今天难
道就没有这样的人? 你等天明,可即传旨,四处寻觅方
士与杨娘娘招魂。

高力士(白):

领旨。（内打五更鼓）

李隆基(唱):

泪点纷纷如珍珠滚落,

梧桐树上雨声把人吵闹。

只隔着一个窗儿直滴到晓。

（念）：

半壁残灯闪闪明，

雨中因想雨淋铃。

伤心一觉兴亡梦，

直欲裁书问杳冥。

《古代文史名著选译丛书》编纂始末①

马樟根　　安平秋

今年 1 月,《古代文史名著选译丛书》已经出到
100 种 101 册(其中《史记》为 2 册)。4 月份,最后的
33 种也已交稿。这样,全书 133 种即将呈献在读者
面前。② 一项服务当前、造福子孙的普及优秀古代
文化、进行爱国教育的大工程将宣告完工了。回想

---

①《古代文史名著选译丛书》由全国高校古籍整理研究
工作委员会主持,古委会直接联系的 18 个古籍整理研究所
为主要承担机构,章培恒、安平秋、马樟根任主编。本文于
1992 年 4 月,在《中国典籍与文化》杂志发表时题目是《衣带
渐宽终不悔——〈古代文史名著选译丛书〉编纂始末》。这次
将此文作为 2011 年修订版附录时,去掉原正标题,以原副标
题为正式题目。 ② 至 1994 年 4 月最后定稿时,全书为 135
部。2011 年修订版出版时,全书为 134 部。

这一套丛书动员 18 所院校,投入 100 余人,从 1985 年筹划,1986 年起步,到今天已度过了六七年的岁月,个中甘辛令人难以忘怀。

一、北大·苏州·北大

——酝酿与筹划

编纂这样一套丛书,起因于 1981 年 7 月。当时陈云同志派人到北京大学召开了小型座谈会。来人告诉与会人员陈云同志最近在考虑两个问题:一个是粮食,一个是古籍整理。对古籍整理,特别讲到陈云同志说:"整理古籍,为了让更多的人看得懂,仅作标点、注释、校勘、训诂还不够,要有今译,争取做到能读报纸的人多数都能看懂。有了今译,年轻人看得懂,觉得有意思,才会有兴趣去阅读。今译要经过选择,要列出一个精选的古籍今译的目录,不要贪多。"这就是后来收入《陈云文选》的那段话。1981 年 9 月,中共中央关于整理我国古籍的文件中一字不差地强调了这段话。1983 年,教育部成立了全国高校古籍整理研究工作委员会(简称古委会)。古委会主任周林同志根据中央和陈云同志意见,提出了组织力量今译古籍。但在当时,经过"文革"后的古籍整理工作百废待兴,加之一些学者对今译重要性的认识远非今日之深,这一工作一拖便是两年。

　　1985年5月,全国高校古委会在苏州召开了一届二次会议。周林同志在会上作了"人才培养和古代文化遗产普及问题"的专题发言,他分析了"解放三十多年来,由于'左'的路线干扰,特别是'文化大革命',几乎使我们的民族文化到了中断的边缘,出现了对古代文化知之不多,或知之甚少的状况",要教育界的同志"做好普及古代文化知识的工作",搞好古籍的今注今译就是其中的一项重要任务,"高校古委会要在这方面多下功夫","高校古籍研究所无疑应担负起这个任务"。他针对当时一些人轻视古籍的今注今译思想,呼吁"我们对于选本、今译等有利于教育普及的东西,应承认它的学术价值","《昭明文选》、《唐诗三百首》、《古文观止》等是地道的选本,流传几百年,发生那么大的影响,能说没有水平?""专家们深入浅出的在对古文献研究基础上的译注,对普及古代优秀文化作出重大贡献,算不算高水平的成果呢?""古文既要译得恰当、准确,又要通畅易懂,难度是很大的","为了社会主义精神

编纂始末

003

文明建设,古籍整理这方面也要作出应有的贡献"。一石激浪,沉寂了几年的今译古籍的话题又重新活跃起来。会上作了一番认真讨论。

经过这样的酝酿,1985 年 7 月,全国高校古委会科研项目评审组的专家们聚集在北京大学勺园,筹划编纂一套古籍今译的精选本。初步定名为《古籍今译丛书》,议定了收书范围、内容,开列了 65 种书的选目。并决定由科研项目专家评审组召集人、复旦大学古籍所所长章培恒教授和参加过陈云同志在北大召开座谈会、当时古委会主管科研工作的副秘书长安平秋同志共同负责,与秘书处同志一起具体筹划。经几个月的筹备,决定由古委会直接联系的 18 个高校古籍研究所承担这一工作,组成编委会,并开列出 89 种书的选目,对选译的进度、规划亦作了设计。此时,几家出版社闻讯而至,表示愿意出版这套丛书。最早与我们联系的巴蜀书社的段文桂社长以其强烈的事业心和对古籍今译的高度重视感动了我们,于是决定邀请巴蜀书社编辑参加第一次编委会议。

二、从柳浪闻莺到桂子山上

——第一批书稿的产生

第一次编委会于 1986 年 5 月在杭州柳莺宾馆

召开。宾馆因位于西湖十景之一的柳浪闻莺而得名。全国高校18个研究所的24名学者和有关人员聚集在这风景胜地，无心观柳，亦无从闻莺，紧张地工作了三天。会上确定了这套普及读物的读者对象是具有中等以上文化程度的广大群众，收书范围是中国历代文史名著，在名著之中选精。所选书目，在原拟89种基础上，调整为116种，以形成系统性。书中选篇之下分提示、原文、今译、注释四部分，以译文为主，书前有一前言，书中加入必要的插图。每一种书约10—15万字。书名确定为《古代文史名著选译丛书》。即由到会的24位学者组成丛书编委会①，由章培恒、马樟根、安平秋三人任主编。于是，编委会立即分成三个工作小组，在会上分头拟出丛书《凡例》、《编写、审稿要求》和《文稿书写格式》，经讨论修改而形成了正式文字以供遵循。在

---

① 编委会成员按姓氏笔划排列为：

马樟根　平慧善　安平秋　刘烈茂　许嘉璐　李国祥
金开诚　周勋初　宗福邦　段文桂　董治安　倪其心
黄永年　章培恒　曾枣庄（以上为常务编委）
王达津　吕绍纲　刘仁清　刘乾先　李运益　杨金鼎
曹亦冰　常绍温　裴汝诚（以上为编委）

自报的前提下，会上确定了由 18 个研究所承担前 40 部书的今译任务，要求当年年底完成。古委会主任、丛书顾问周林同志对编委会的认真精神、紧张工作和显著效率十分赞赏，他说："有这样一个编委会，有这样一个阵容来做选译，使中国历史文化不成为专属于少数人的知识，使能看报纸的人都读懂自己民族的名著，从而树立爱国主义、建设有民族特色的精神文明，其意义之深远将会在今后愈益显露出来。"于是，有 1000 余万字的大工程便从这里开始了。

当年年底各研究所的今译书稿经作者完成后，由在该所的编委审改，到 1987 年 5 月和 7 月，先后在复旦大学、北京大学两次召开编委审稿会。这种审稿会，说是审稿，实际上是边审边改，字斟句酌，每部书稿必须经一位编委、一位常务编委审改把关，经过这样两道工序，汇总到主编手中，40 部书稿通过了 25 部。其中部分书稿赶印了样稿征求意见。于是周林同志于 7 月 6 日在北大临湖轩邀请了在京十几位专家与正在审稿的编委一起研究样稿，探讨如何提高这套今译丛书的质量。

根据编委审稿发现的问题和在京专家们的意

见,丛书亟需在已定体例的框架中条列细则;而出版单位巴蜀书社又希望所出版的第一批书为50种以便形成格局,需要布置各研究所承担新的今译任务。这样,1987年10月在华中师范大学再次召开了编委会,又请了詹锳、周振甫、刘乃和、郭预衡等先生到会指导。

这次编委会是在审看了40部书稿后,发现了一大批问题亟待解决,又是在需要布置下一步任务的状况下召开的,是一次承上启下的编委会。会议初期人们的心情和会上的气氛都带有一股子严峻与急切。会议从5日到8日开了三天半。但是在4日晚上开预备会的时候,主编章培恒先生尚未到会,亦无他是否已从上海出发的信息。5日上午就要开会了,主编不到怎么行呢?5日一早,我们还在沉睡之中,忽听有人敲门,进来的竟是章培恒!一向风神儒雅、衣装考究的章培恒先生,此时却是一身尘灰、满脸疲惫地站在我们面前。原来他从上海出发前,未能买到机票或船票,而上海到武汉又没有直达火车,只好先从上海坐火车到长沙,为了不误5日上午开会,他只好买了一张无座票,夜间从长沙出发一直站到武昌。一向走路辨不清方向的章培恒竟然在夜色未退之前一人从车站摸到了华中师大专家楼,也算是奇迹。

这次编委会,从体例的具体要求、书中选篇是否合适、每篇中的提示如何写、注释的繁简和语言的通俗性,到今译的信达雅如何把握,例如李白的"床前明月光,疑是地上霜,举头望明月,低头思故乡"这样通俗的诗是否要翻译,在在都有热烈的争论。感谢编委们的努力和学术判断力,最后终于形成了一个《细则》,一切争论都统一在这个《细则》之上。编委们在思想明确、分得新的任务之后,显出了少有的轻松与喜悦。会议结束正逢中秋节,华中师大的专家楼坐落在武昌桂子山上。入夜,桂子山上举行了赏月茶会,几张方桌,围坐着全体编委和特邀到会专家。天上明月如盘,清辉洒地,眼前桂树葱茏,桂花飘香,华中师大古籍研究所的青年们活跃席间,引得王达津先生即席赋诗,刘乃和先生清唱京戏。这气氛预示着《古代文史名著选译丛书》克服了当前的困难,第一批 50 种书稿有如母腹中的胎儿,快要降生了。

三、华清池畔的愁云与人民大会堂的欢欣

——第一批书出版的柳暗花明

1988 年 10 月,编委们再一次聚会,审定第一批

50 种中的最后十几部书稿、修改第二批 50 种中的大量书稿。这次审稿是在"东枕华山、西拒咸阳"的骊山脚下、华清池滨的一家招待所。这里古朴而不豪华,食宿低廉却又实惠,审稿之余,左近有风景可观,有古迹可寻,房内有 43℃的温汤沐浴,编委们平日在校教学、科研工作劳累而生活清苦,如今有这样的环境与条件,感到少有的惬意。我们作为主编觉得这也是对编委们两年来辛勤编书的一点补偿。但这种适意之感很快就被两件事所驱散。一件事是书稿的质量。几十部书稿交来,一经审看,从注译到体例完全合格的只有寥寥可数的三四部,余下的,或需小改,或需大改,或根本不合格需退回重作。另一件事是出版发行成了问题。到会的巴蜀书社副社长黄葵同志向大家通报了即将印出的 16 本书征订情况,最多的为 2000 册,且只有一种,其他的只有 800 册、600 册,甚至还有 200 余册。征订不佳,销路不畅,出书要赔钱,出版社为难,编委们又无计可施。此时哪还有心思去观赏"骊山云树郁苍苍,历尽周秦与汉唐"? 也无心绪登上骊山,在烽火台前怀古。且正值"楼台八月凉"的节令,只有华清池畔秋雨飘零,秋风瑟瑟,落叶满地,不禁愁从中来。

愁则愁，还得面对现实。书稿质量不高，靠到会近20位编委十余天的逐字逐句修改，终于改定合格17部。至于出版发行问题，巴蜀书社的朋友费心经营，重新设计了封面，改进装帧，将第一批50种装成一个大礼品盒，成盒出售。从中又得到了国家新闻出版署、四川省出版局、国家教委有关司局和各省市教委的大力支持与帮助，发行面得以扩大，到了1990年下半年，首印的17000套书销售已尽，而问讯、索购者不绝，出版社决定再印30000套以供读者需要。中央领导了解到这套丛书受到读者欢迎，欣然为丛书题辞，江泽民总书记的题辞是"做好我国古代文史名著的传播普及工作，使其古为今用，以发扬爱国主义精神"，李鹏总理的题辞是"弘扬民族优秀文化，激励爱国主义精神"。李瑞环同志也为丛书题了辞。

1990年8月22日在北京人民大会堂召开了《古代文史名著选译丛书》出版座谈会。国家领导人李铁映、胡乔木、李德生、陈丕显、廖汉生、王汉斌、王光英出席，古委会主任周林同志主持会议，到会各阶层代表在发言中从不同角度肯定了这套书对促进青少年了解历史、了解国情、了解中华民族优秀传统文化、进行爱国主义教育的作用。时值盛夏,却逢喜雨,洗却了编委和出版社同志心中的忧虑,参加大会堂座谈会的13名常务编委会后又聚集在北京大学讨论深入认识编纂这套丛书的重大意义,研究审改好第二批书稿的具体措施。

四、从舜耕山庄耕作到乐山脚下

——第二批书稿审定之艰辛

第二批书稿50种50册,是1987年10月布置的。1988年10月在西安审改合格的17部书稿都已放入第一批中以替换原已通过的第一批中质量较差的书稿。这样,第二批书稿当时余下的已完成的有20余部,却都不合格,只能要求译注者和编委再行修改。一年之后,编委会汇总来重新改好和新译注交来的第二批书稿44部,1989年10月于济南千佛山下的舜耕山庄召开了常务编委审稿会。

这次审稿,发现的问题较多。有的选目不当,如有的史书重要人物的传不选却选入无关紧要而又无学习价值的人物传,有的名家的文章名篇不选却选入既无文学价值又无借鉴意义的篇章。有的选译所依据的底本不当,舍弃现有的精校本却用校勘不善的本子。有的虽有根据地改动正文却只在注释中说"原作……据别本改",而不指明据何本改。有的注释过繁,不利于一般读者阅读;有的注释极简,该注释的地方不注,使广大读者看了译文仍无法理解全文的精妙;而更多的是注释不准确,对一字一词增字为训而歪曲了原意的毛病也较普遍。译文问题更多,有的语义不清,佶屈聱牙,把"三顾频烦天下计,两朝开济老臣心"译为"三顾茅庐频烦为天下大计,两朝事业开济尽老臣忠心",有的为追求通俗生动把"君何往"中的"君"译为"老兄"。每篇的提示,有的写得很长变成了文章赏析,有的虽短却不中肯綮,用了类似"文革"期间的语言扣几顶大帽子了事。看这样的稿子都觉头痛,改这样的稿子更感艰难。审稿历时 12 天,参加审稿、当时 63 岁的黄永年先生向我们诉苦:"头发掉了一把!"有的编委说,千佛山古称历山,传说舜在这里开垦耕耘,十分艰辛,我们住在舜耕山庄,预示着我们为这套丛书垦荒笔耕,也要历尽千辛。这次审稿,经过审改之后,有 10 部书稿合格,有 11 部需会后再作小的修改方能通过,余下的均需作大的改动或另请人译注。

这次审稿还研究了所选戏曲部分的曲辞如何今译问题,如规定了念白中出现的诗句只注不译,上、下场诗只注不译,注而不译的文字在译文中应予保留以便参读。

到1990年12月,丛书常务编委在广州研究丛书如何体现批判继承精神、如何提高第二批书稿质量时,又有18部书稿完成交来。为了保证书稿质量,使1991年上半年召开的常务编委审稿会得以顺利进行,我们三个主编从广州匆匆赶到北京,用了一周时间审看了这18部书稿,通过了7部,11部退改。当我们看完最后一部书稿碰头研究时,已是12月31日。在1990年一年内,我们仅仅通过了这7部书稿。加上1989年在舜耕山庄通过的10部,也仅有17部,尚差33部方足第二批的50部。

1991年5月,常务编委来到古称嘉州的乐山市,在乐山山腰的八仙洞宾馆继续审改第二批书稿。改稿时间只有十天,要力争将50部推出,其繁重可知。我们在改稿过程中,不禁想到明万历年间嘉州知州袁子让的诗句"登临始觉浮生苦",想到这套丛书从起步到这次审改已历时5年,当初怎么也没有想到完成这套丛书会是如此的艰辛,真是登临始觉笔耕苦啊!

这次乐山审稿,通过了 13 部书稿。好在余下的 20 部书稿只须小改即可在会后交稿,终于在 1991 年 8 月将这 20 部书稿全部改定交巴蜀书社。第二批 50 部历时近四年终于定稿了。

五、在金陵古都作光辉的一结

——第三批书稿的完成

1990 年 12 月据出版社的要求,这套丛书出齐当为 150 种,到乐山会上又修正为 110 种至 125 种,最后数字的确定根据最后一次审稿结果而定,合格的即入选,不合格的不再修改选入。根据这一共识,今年 4 月中旬,我们一部分常务编委聚集到六朝古都南京,从已经交来的 35 部书稿中选择经小改合格的书稿。经过十一天的劳作,选择、改定 33 部,由到会的常务编委、巴蜀书社的段文桂总编和编委、巴蜀书社的刘仁清副编审带回成都,将经由他们的继续辛苦而使《古代文史名著选译丛书》以 133 部、1500 万字之数呈献给热爱中华文化的读者。

这套丛书从 1986 年 5 月起步,历时整整六年,平日繁细工作不计,仅编委大小审稿会就开了 12 次之多。丛书的发起人、顾问、古委会主任周林同志先后参加了 8 次审稿会，每次都自始至终和大家在一起，听取审稿情况，了解遇到的问题；当我们遇到困难的时候他为我们鼓劲，当我们感到欣喜的时候他提醒我们不可大意。这次他又和我们一起来到虎踞龙蟠的石头城下，为我们督阵，看我们能否为这套丛书作出光辉的一结。

此时此刻，我们与这次会议的东道主、丛书常务编委、南京大学的周勋初先生漫步在中山陵旁，想到今译丛书已基本完成，自然感到如释重负，但理智却使我们不敢轻松，我们期待着全书 133 部出齐之后专家、读者的评头品足。

1992 年 4 月 26 日

（原载《中国典籍与文化)1992 年第 1 期）

古代文史名著选译丛书（修订版）总目

丛书主编：章培恒　安平秋　马樟根

书　名	译注者		审阅者		定价/元
老子注译	张玉春	金国泰	安平秋		16.00
庄子选译	马美信		章培恒		18.00
荀子选译	雪　克	王云路	董治安	许嘉璐	19.00
申鉴中论选译	张　涛	傅根清	董治安		18.00
颜氏家训选译	黄永年		许嘉璐		15.00
论语注译	孙钦善		宗福邦		28.00
孟子选译	刘聿鑫	刘晓东	黄　葵		20.00
墨子选译	刘继华		董治安		14.00
韩非子选译	刘乾先	张在义	黄　葵		19.00
新序说苑选译	曹亦冰		倪其心		25.00
论衡选译	黄中业	陈恩林	许嘉璐		22.00
管子选译	缪文远	缪　伟	董治安		18.00
列子选译	王丽萍		周勋初	倪其心	19.00
韩诗外传选译	杜泽逊	庄大钧	董治安		24.00
盐铁论选译	孙香兰	刘光胜	黄永年		13.00
诗经选译	程俊英	蒋见元	刘仁清		19.00
楚辞选译	徐建华	金舒年	金开诚		15.00
贾谊文选译	徐　超	王洲明	安平秋		17.00
司马相如文选译	费振刚	仇仲谦	安平秋		11.00
文心雕龙选译	周振甫		黄永年		17.00
庾信诗文选译	许逸民		安平秋		18.00

1

书　名	译注者		审阅者		定价/元
嵇康诗文选译	武秀成		倪其心		18.00
谢灵运鲍照诗选译	刘心明		周勋初		18.00
陈子昂诗文选译	王　岚		周勋初	倪其心	14.00
李白诗选译	詹　锳	等	章培恒		22.00
高适岑参诗选译	谢楚发		黄永年		23.00
元稹白居易诗选译	吴大逵	马秀娟	宗福邦		21.00
柳宗元诗文选译	王松龄	杨立扬	周勋初		18.00
李贺诗选译	冯浩菲	徐传武	刘仁清		20.00
杜牧诗文选译	吴　鸥		黄永年		14.00
李商隐诗选译	陈永正		倪其心		19.00
唐五代词选译	亦　冬		董治安		16.00
唐文粹选译	张宏生		周勋初		18.00
晚唐小品文选译	顾歆艺		平慧善		15.00
黄庭坚诗文选译	朱安群	等	倪其心		18.00
辛弃疾词选译	杨　忠		刘烈茂		24.00
元好问诗选译	郑力民		宗福邦		20.00
宋四家词选译	王晓波		倪其心		16.00
黄宗羲诗文选译	平慧善	卢敦基	马樟根		15.00
吴伟业诗选译	黄永年	马雪芹	安平秋		20.00
方苞姚鼐文选译	杨荣祥		安平秋		20.00
明代散文选译	田南池		马樟根		22.00
顾炎武诗文选译	李永祜	郭成韬	刘烈茂		23.00
张衡诗文选译	张在义 韩格平	张玉春	刘仁清		16.00
汉诗选译	张永鑫	刘桂秋	金开诚		19.00

书　名	译注者		审阅者		定价/元
阮籍诗文选译	倪其心		刘仁清		15.00
三曹诗选译	殷义祥		刘仁清		22.00
诸葛亮文选译	袁钟仁		董治安		16.00
陶渊明诗文选译	谢先俊	王勋敏	平慧善		16.00
杜甫诗选译	倪其心	吴　鸥	黄永年		17.00
王维诗选译	邓安生	等	倪其心		20.00
刘禹锡诗文选译	梁守中		倪其心		20.00
孟浩然诗选译	邓安生	孙佩君	马樟根		18.00
韩愈诗文选译	黄永年		李国祥		20.00
欧阳修诗文选译	林冠群	周济夫	曾枣庄		20.00
曾巩诗文选译	祝尚书		曾枣庄		19.00
苏轼诗文选译	曾枣庄	曾　弢	章培恒		23.00
李清照诗文词选译	平慧善		马樟根		15.00
陆游诗词选译	张永鑫	刘桂秋	黄　葵		24.00
朱熹诗文选译	黄　坤		曾枣庄		20.00
文天祥诗文选译	邓碧清		曾枣庄		20.00
袁枚诗文选译	李灵年	李泽平	倪其心		20.00
王安石诗文选译	马秀娟		刘烈茂	宗福邦	18.00
二程文选译	郭　齐		曾枣庄		25.00
范成大杨万里诗词选译	朱德才	杨　燕	董治安		26.00
萨都剌诗词选译	龙德寿		曾枣庄		28.00
王阳明诗文选译	吴　格		章培恒		18.00
徐渭诗文选译	傅　杰		许嘉璐	刘仁清	17.00
李贽文选译	陈蔚松	顾志华	李国祥	曾枣庄	17.00

书　名	译注者		审阅者	定价/元
三袁诗文选译	任巧珍		董治安	17.00
王士禛诗选译	王小舒	陈广澧	黄永年	13.00
龚自珍诗文选译	朱邦蔚	关道雄	周勋初	13.00
尚书选译	李国祥 谢贵安	刘韶军 庞子朝	宗福邦	14.00
礼记选译	朱正义	林开甲	宗福邦	22.00
左传选译	陈世铙		董治安	22.00
国语选译	高振铎	刘乾先	黄　葵	22.00
战国策选译	任　重	霍旭东	李国祥	21.00
吕氏春秋选译	刘文忠		董治安	17.00
吴越春秋选译	郁　默		倪其心	19.00
史记选译	李国祥 张三夕	李长弓	安平秋	29.00
汉书选译	张世俊	任巧珍	李国祥	22.00
后汉书选译	李国祥 彭益林	杨　昶	许嘉璐	24.00
三国志选译	刘　琳		黄　葵	18.00
晋书选译	杜宝元		许嘉璐	15.00
宋书选译	漆泽邦	孔　毅	李国祥	19.00
南齐书选译	徐克谦		周勋初	18.00
北齐书选译	黄永年		安平秋	16.00
梁书选译	于　白		周勋初	17.00
陈书选译	赵　益		周勋初	17.00
南史选译	漆泽邦		安平秋	22.00
北史选译	习忠民		段文桂	20.00

书　名	译注者		审阅者		定价/元
周书选译	黄永年		安平秋		15.00
魏书选译	杨世文	郑　晔	周勋初		22.00
隋书选译	武秀成	赵　益	周勋初		20.00
新唐书选译	雷巧玲	李成甲	黄永年		16.00
旧唐书选译	黄永年		章培恒		16.00
新五代史选译	李国祥 姚伟钧	王玉德	周勋初		18.00
旧五代史选译	贾二强		黄永年		17.00
宋史选译	淮　沛	汤　墨	曾枣庄		20.00
辽史选译	郭　齐	吴洪泽	曾枣庄		21.00
金史选译	杨世文 李文泽	祝尚书 王晓波	曾枣庄		21.00
元史选译	樊善国	徐　梓	马樟根		25.00
明史选译	杨　昶		李国祥		20.00
清史稿选译	黄　毅		章培恒		22.00
贞观政要选译	裴汝诚	王义耀	黄永年		18.00
史通选译	侯昌吉	钱安琪	周勋初		16.00
资治通鉴选译	李　庆		黄永年		16.00
续资治通鉴选译	徐光烈		安平秋		24.00
通鉴纪事本末选译	谈蓓芳		章培恒		21.00
洛阳伽蓝记选译	韩结根		章培恒		22.00
梦溪笔谈选译	李文泽		曾枣庄		20.00
徐霞客游记选译	周晓薇	等	黄永年	马樟根	17.00
宋代笔记小说选译	朱瑞熙	程君健	金开诚等		19.00
关汉卿杂剧选译	黄仕忠		刘烈茂		24.00

书　名	译注者		审阅者	定价/元
明代文言短篇小说选译	黄　敏		章培恒	23.00
六朝志怪小说选译	肖海波	罗少卿	刘仁清	21.00
世说新语选译	柳士镇	钱南秀	周勋初	23.00
水经注选译	赵望秦 张艳云	段塔丽	许嘉璐	19.00
唐人传奇选译	周　晨		曾枣庄	24.00
唐五代笔记小说选译	严　杰		周勋初	21.00
大慈恩寺三藏法师传选译	贾二强		黄永年	18.00
宋代传奇选译	姚　松		周勋初	22.00
聊斋志异选译	刘烈茂 欧阳世昌		章培恒	22.00
阅微草堂笔记选译	黄国声		安平秋	16.00
清代文言小说选译	王火青		周勋初	23.00
历代名画记图画见闻志选译	周晓薇	赵望秦	黄永年	17.00
容斋随笔选译	罗积勇		宗福邦	20.00
唐才子传选译	张　萍	陆三强	黄永年	24.00
西厢记选译	王立言		董治安	20.00
元代散曲选译	彭久安		刘烈茂 金开诚	21.00
日知录选译	张艳云	段塔丽	黄永年	22.00
桃花扇选译	张文澍		章培恒 段文桂	15.00
牡丹亭选译	卓连营		章培恒	14.00
长生殿选译	戚海燕		董治安	20.00